Favel Parrett

DER HIMMEL ÜBER UNS

Roman

Aus dem Englischen von
Kathrin Razum

Hoffmann und Campe

Die Originalausgabe erschien 2014 unter dem Titel
When the Night Comes bei Hachette, Australien.

1. Auflage 2015

www.hoca.de
Satz: pagina GmbH, Tübingen
Gesetzt aus der Albertina
Druck und Bindung: Friedrich Pustet, Regensburg
Printed in Germany
ISBN 978-3-455-40518-7

HOFFMANN
UND CAMPE

Ein Unternehmen der
GANSKE VERLAGSGRUPPE

Für meinen Bruder

Blauweißes Eis, das auf bewegter See treibt
Es ist das Gegenteil von Grau
Es ist das Gegenteil von allem, was ich bis dahin kannte.

Es gab mal eine Zeit, da war unser Haus voller Wikinger, es gab Partys und viel Besuch, und Mum war damals glücklich.

Es waren echte Wikinger. Große, bullige Wikinger, die von ferne gekommen waren, auf einem leuchtend roten Schiff, das durchs Packeis pflügte und bis in die Antarktis fuhr. Sie hatten Namen wie Anders und Bo, Finn und Henrik, und sie waren alle groß und blond, außer Bo, der dunkelbraunes Haar und graublaue Augen hatte. Er stammte von einer kleinen Insel, dem *sonnigsten Ort in ganz Dänemark*.

Bo lief gern, und er lief gern lang. Er mochte den Geruch von nassem Gras. Er machte uns Pfannkuchen mit Marmelade und Sahne, und er konnte ein kleines Vögelchen mühelos dazu bringen, ihm aus der Hand zu fressen. Wenn wir Pizza essen gingen, aß er immer zwei Stück auf einmal, mit dem Belag nach innen aufeinandergelegt, wie ein Pizza-Sandwich. Er schaffte vier Stück, wenn ich eins aß, und ich mochte ihn sehr.

Manchmal besuchten wir sein Schiff. In der *Nella Dan* gab es viel Holz und Messing, und in der Messe hingen Bilder an der Wand – bunte Blumen und Vögel, grün und orange und gelb. Ich lief gern durch die langen Gänge, all die Treppen hinauf, von ganz unten bis hoch aufs Peildeck und wieder hinunter. Das wurde ich nie leid.

Ich tat so, als wäre das Schiff mein Zuhause, als hätte ich unten eine gemütliche, holzgetäfelte Kabine mit einer Koje ganz für mich allein. Eine kuschelig warme Bettdecke und ein weiches Kissen, ein rundes Bullauge, durch das das Licht hereinfiel. Mehr brauchte ich nicht.

Es war nie dunkel – es war nie Nacht.

Schlaf jetzt
Schließ die Augen, ganz fest
Es ist nur ein komischer Traum, der im Dunkeln kommt
Nur ein komischer Traum, der in der Nacht kommt
Hör nicht auf das Geschrei
Horch nicht nach den Geräuschen
Es ist nur ein komischer Traum, der in der Nacht kommt

Du schläfst

Ich schlafe.

ZUR INSEL

Wir aßen in der Cafeteria zu Abend, an einem Holztisch, wo sich die Stühle nicht bewegten. Sie waren am Boden festgemacht.

Mum war ganz still und mein Bruder auch, und als wir fertig gegessen hatten, kam ein Mann in weißer Uniform zu uns und sagte, das Schiff sei bald aus der Landabdeckung heraus und man habe sehr raue See vorhergesagt. Er guckte beim Reden nur Mum an. Er sagte ihr, es sei ratsam, die Kinder so bald wie möglich ins Bett zu bringen.

Mein Bruder schlief schnell ein, die Decke um seinen kleinen Körper schön festgesteckt dort in der oberen Koje. Aber ich lag wach und wartete auf die raue See. Wollte wissen, wie sie sich so weit unten anfühlen würde. Viele, viele Treppen entfernt von der Cafeteria und den Fenstern, die zum Himmel hinausgingen. Bei uns hier unten gab es keine Fenster. Bei uns hier unten gab es nur Neonlicht und Etagenbetten. Das Klo war auf dem Gang, und Mum hatte uns allein gelassen. Sie war irgendwo oben, hoch über uns, wo es Luft gab, und ich wünschte, sie würde zurückkommen.

Ich muss wohl eingeschlafen sein, denn als ich erwachte, schwankte und schaukelte die ganze Welt, und ich wurde in meiner Koje herumgeworfen. Nicht nur von einer Seite auf die andere, auch hoch und runter. Mums Bett war noch frisch gemacht. Sie war nicht da.

Als ich versuchte, aus dem Bett zu steigen, fiel ich hin und übergab mich auf den Boden. Mein Bruder sah mich an, die Hände fest um das Bettgitter seiner Koje geschlossen, sein Gesicht weiß wie der Tod.

»Wo ist Mum?«, fragte er, aber ich wusste es auch nicht.

Irgendwie gelangte er aus seiner Koje herunter, und er fiel nicht hin. Er stand da und hielt sich am Bett fest, während der ganze Raum sich drehte, und dann nahm er ein Handtuch von Mums Bett und legte es auf das Erbrochene. Er half mir auf, und wir gingen im Schlafanzug hinaus in den Gang. Wenn das Schiff schlingerte, fielen wir zusammen gegen die Wand, und so näherten wir uns langsam der Treppe. Hinauf, hinauf, die Hand am Geländer. Auf das Deck, wo die Cafeteria war.

Man sah kaum jemanden dort, nur in der Lounge mit dem Teppichboden saßen ein paar Leute, den Kopf in den Händen. Die Cafeteria war leer, und ich konnte nicht erkennen, wie viel Uhr es war. Vor den Fenstern war es dunkel.

Draußen war es stockfinster.

Mum saß allein auf einer Bank, die an der Schiffswand festgemacht war, unter einem Plexiglasdach. Wir setzten uns neben sie und krallten uns unten an der Bank fest.

Mum sagte, sie würde nur noch eine Zigarette rauchen, dann könnten wir reingehen. Ich schaute in ihr weißes Gesicht und auf ihre weißen Hände. Sie saß nachts immer irgendwo allein – saß allein da und rauchte nur noch eine Zigarette.

Ich sagte ihr, dass ich gebrochen hätte, und sie wischte

mir Stirn und Wangen ab und sagte: »Das tut mir leid. Das tut mir sehr leid.« Es sah aus, als weinte sie. Sie sagte, das sei nur die Gischt, und die Kälte. Es war wirklich kalt. Eiskalt und windig, der Wind schnitt einem in den Rücken, als hätte man gar keine Haut. Ich hörte das Wasser gegen das Schiff krachen, spürte den Anprall und hörte die Gischt hochspritzen. Aber sehen konnte ich nichts. Jenseits des Lichts, das von drinnen aufs Deck fiel, sah ich gar nichts.

Da draußen tobte die Welt in der Finsternis.

Wir waren unterwegs an einen neuen Ort.

Wir fuhren durch die Nacht darauf zu.

Eine Insel mitten im Meer.

Eine Insel aus Stein.

Nur das Schiff schützte uns. Nur ein paar dünne Lagen Stahl und eine Maschine, die in der Dunkelheit vor sich hin stampfte, hielten uns über dem Wasser, das uns sonst bereitwillig verschlucken würde, und dann wäre es, als hätte es uns nie gegeben.

MRS WILSONS BED & BREAKFAST

Wir kamen in einem Bed & Breakfast unter.

Dort wohnten wir direkt nach unserer Ankunft, nachdem wir aus der Fähre ausgestiegen und dann mit dem Bus über flaches Ackerland und durch Ortschaften aus Stein und alten roten Ziegeln gefahren waren. Am Busbahnhof in Hobart benutzte Mum den Münzfernsprecher. Sie rief in einem Haus an, das auf der Informationstafel aufgeführt war, und reservierte uns ein Zimmer. Abbey House Bed & Breakfast.

Ich glaube, es war nicht sehr weit weg, aber wir hatten zwei große Koffer, und mein Bruder war müde, also stiegen wir alle in ein Taxi, das vor dem Busbahnhof wartete.

Der Taxifahrer war sehr dick. Er trug ein sauberes blaues Hemd, und es sah aus, als könnten die Knöpfe jeden Moment über seinem Bauch aufspringen. Er fragte, ob es unser erstes Mal auf »der Insel« sei, und mein Bruder sagte ja, aber meine Mutter sagte nein. Ich saß auf der Rückbank und versuchte mir vorzustellen, wie Mum früher schon mal hier gewesen war, vielleicht mit Dad oder vielleicht als Kind mit ihren Eltern, aber ich konnte es nicht vor mir sehen. Ich kannte diesen Ort nicht.

Wir saßen nicht lang im Taxi. Wir fuhren einen steilen Hang hinauf, durch ein paar kurvige Straßen, und dann waren wir da. Battery Point. Es gab alte Häuser in den engen Straßen, Holzhäuser, unverputzte Steinhäuser, aber sie schienen alle leer zu sein, verlassen, nichts regte sich. Der Himmel war grau.

Wir hielten an einer Ecke mit einem Schild, auf dem *Mona Street* stand.

»Nächsten Samstag können Sie von hier aus zu Fuß auf den Markt gehen«, sagte der Taxifahrer. Er stieg aus und half Mum mit den Koffern.

Mrs Wilson war die Besitzerin des B & B. Sie bereitete meinem Bruder und mir jeden Morgen ein warmes Frühstück zu, und wir aßen es an der Frühstückstheke mit Blick in den Rosengarten – einen Bauerngarten. Es war ein Cottage, das B & B, ein altes Holzhäuschen mit weißem Palisadenzaun und allem Drum und Dran. Es war so ungefähr das schönste Haus, in dem ich je gewohnt hatte, nur wohnten wir halt nicht richtig dort. Wir waren nur dort untergekommen.

Mir gefiel es, dass wir dort untergekommen waren.

Wir hatten für eine Woche eins der Gästezimmer und zogen dann in ein Zimmer hinten im Haus um, für das Mrs Wilson kein Geld wollte. Sie sagte meiner Mum, es sei nur vorübergehend, bis wir Fuß gefasst, uns eingewöhnt hätten. Ich wusste nicht, was das wirklich bedeutete. Mrs Wilson wollte meinem Bruder und mir weiterhin ein warmes Frühstück zubereiten, aber Mum sagte, wir sollten einfach Frühstücksflocken essen und höflich sein.

Etwa zwei Wochen später fand Mum etwas weiter in derselben Straße ein Haus zur Miete. Es war wahrscheinlich das mieseste Haus in Battery Point. Keines der anderen

Häuser war so: dunkel und fahl, ein Stückchen von der Straße entfernt, im Schatten der hohen, imposanten Häuser ringsum. Meine Mutter musste ein Zimmer untervermieten, um die Miete bezahlen zu können. Das einzige schöne Zimmer. Mein Bruder und ich teilten uns das Dachzimmer, das schräge Wände hatte. Es war okay, allerdings löste sich die Tapete nah der Decke an manchen Stellen, und eine Toilette gab es nur draußen im Garten. Ich ging da im Dunkeln nicht gern hin, eigentlich nicht mal tagsüber. Aber im Garten stand ein riesiger Walnussbaum, auf den unser Fenster hinausging, und wenn die Walnüsse reif waren, stopften mein Bruder und ich uns damit voll, aßen Nüsse, bis uns der Mund juckte und wir nicht mehr konnten. Dann schlugen wir heruntergefallene Nüsse auf und verteilten sie im Garten für die Vögel, für die Tasmankrähen, die im Baum warteten.

Doch mir fehlte das Bed & Breakfast, wo es so schön warm und hell war. Und manchmal, wenn mein Bruder und ich nach der Schule von der Fähre nach Hause liefen, stand Mrs Wilson an ihrem Gartentor und rief uns herein, wo Tee und Plätzchen bereitstanden.

LAUF, LAUF – KELLYS TREPPE

Die Kälte machte das Atmen schwer, stach in meiner Brust – der Stein und der Beton waren hart unter meinen eiskalten Füßen.

Ich packte meinen Bruder am Ärmel und zog ihn durch die leeren Straßen von Battery Point. In der Frühe gingen wir immer schnell. Alles still, wie immer – nur wir. Reif auf den Fenstern der geparkten Autos, dick und undurchsichtig und festgebacken.

Mona Street, Francis Street, Hampden Road. Am Ende der Kelly Street führte eine Treppe in die Dunkelheit hinunter, in den hinteren Teil von Salamanca, wo alles morsch und verfallen war. Kerben im abgetretenen, rundgeschliffenen Bruchstein. Eine steinerne Festung, ein Tor, das wir passieren mussten.

Lauf, lauf – Kellys Treppe.

Einige der Stufen waren krumm und fleckig, und die Flecken sahen aus wie altes Blut, das mit den Jahren orange gerostet war. In den Stein gesickertes Blut. Wir nahmen jede Stufe einzeln, so schnell wir konnten. Runter, runter, möglichst ohne dabei in die dunkle Gasse vor uns zu schauen. Unten in der kalten Kopfsteindüsternis rissen Geister an unseren Kleidern, versuchten uns ins Haar zu greifen, flüsterten im hallenden Stein.

Kannst du mir helfen?

Kannst du mich sehen?

Lass mich hier nicht allein.

Ich zog heftig an der Hand meines Bruders, und wir rannten und rannten, ohne auch nur Luft zu holen, bis wir durch waren. Auf der anderen Seite.

Licht.

Freier Himmel.

Eine Ulmenallee, dahinter der Kai.

Wir liefen langsamer, schöpften Atem, durchquerten Salamanca Place. Unter den Bäumen am Rasen entlang, bis zu dem langen hölzernen Steg, auf dem wir dann standen und auf die Fähre warteten. Wir redeten kaum. Warteten einfach.

Wir versuchten, nicht an Kellys Treppe zu denken, an die Toten, die sich an diesem dunklen Ort gegen unsere Haut pressten.

DA WAR EIN MANN

Es regnete.

Ich hatte meinen Wachsmantel an, die Kapuze auf dem Kopf und die Hände in den Ärmeln. Er war mir zu groß, der Wachsmantel, aber der dicke schwarze Stoff hielt den Regen größtenteils ab. Mein Bruder war krank und zu Hause. Er hatte nachts gehustet, und jetzt lag er wahrscheinlich unter seiner Bettdecke auf dem Sofa, schaute fern und wartete darauf, dass Mum aufstand. Es war richtig kalt in diesem alten Haus in Battery Point, und wir hatten keine Heizung.

Ich wollte nicht in die Schule. Ich überlegte, ob ich wieder nach Hause gehen und nach meinem Bruder schauen sollte, tat es aber nicht. Ich blieb einfach dort im Regen stehen und wartete auf die Fähre.

Es muss sehr früh gewesen sein – niemand sonst war auf dem Steg. Ich sah meinen Atem, und alles war Wasser. Ich schaute nach unten, sah den Regen auf die glatte, schwarze Oberfläche des Flusses fallen. Die Tropfen erzeugten perfekte Kreise, die immer größer wurden, bis ich nicht mehr den ganzen Kreis im Blick behalten konnte. Raum und Zeit, jeder Regentropfen für sich. Sie fielen in einer Art Stille, aber dann wurde der Regen stärker, brach richtig los, und es waren zu viele Tropfen, um sie noch zu verfolgen.

Die Wasseroberfläche wurde ganz runzelig, rau und unruhig. Die Stille war dahin.

Der Regen trommelte auf meinen Wachsmantel, es klang, als wäre ich in einem Zelt. Ich wandte mich ab, damit es mir nicht ins Gesicht regnete, schaute auf meine Füße hinunter, auf meine nassen Turnschuhe. Ich schloss die Augen und hörte dem Regen zu, wie er auf meine Kapuze fiel. Ich stellte mir vor, dass die Fähre sich näherte, dass sie auf dem Weg hierher war, das Wasser vor sich herschob, es gegen den Steg drückte. Wenn ich die Augen wieder aufmachte, würde die Fähre da sein, und Peter, der Kapitän, würde vom Ruderhaus herbeigelaufen kommen, das Tau um den hölzernen Poller werfen, und dann würde er uns auf die Fähre helfen, einem nach dem anderen.

Ich würde hineingehen, ins Trockene. Würde mich aufwärmen können.

Ich zählte zwanzig Regentropfen auf meiner Kapuze, dann noch mal zwanzig und noch einmal. Die Augen ließ ich zu. Ich zählte weitere vierzig Tropfen mit, vielleicht brachte es mir ja Glück, und dann machte ich die Augen auf.

ROT. Nichs als Rot. Eine leuchtend rote Stahlwand.

Ein Schiff, so hoch wie ein Haus, weit wie der Himmel, und als ich hinaufschaute, stand ein Mann an der Reling.

Er war groß, weiß gekleidet und winkte. Ich drehte mich um, aber es stand niemand hinter mir. Nur ich war da. Ich, auf dem kleinen Steg, gegenüber von diesem riesigen Schiff, mein Gesicht von der Kapuze halb verdeckt, ich wusste, dass der Mann meine Augen und meine Haare nicht sehen konnte. Er winkte noch einmal, als würde er mich kennen. Er winkte.

Jemand sah mich.

Ich winkte zurück, die Hand immer noch im Ärmel. Wir standen beide im Regen, zwischen uns das schwarze Wasser, und ich weiß nicht, warum er winkte, aber ich winkte zurück. Ich nahm Notiz.

Ein rotes Schiff. Eine rote Flagge, die im Wind flatterte. Ein Mann in Weiß.

Dann tutete es laut, und ich erschrak furchtbar. Es war die Fähre. Leute traten aus dem grauen Nichts hinter mir, Männer im Anzug, andere Kinder auf dem Weg zur Schule, aber im Vergleich zu dem Rot war alles trist und trüb. Sie waren wie Nebel, diese Leute, hoben sich von dem grauen Regen und Beton kaum ab.

Als ich wieder zu dem Schiff hochschaute, war der Mann weg. Ein Sonnenstrahl drang durch die Wolken und traf den roten Bug, ein dünner Strahl nur. Eine Sekunde lang gab es nichts anderes als die beiden Wörter, deutlich lesbar, weiß auf rot: *Nella Dan.*

Ich wiederholte sie im Kopf immer wieder.

Nella Dan.

Nella Dan.

Nella Dan.

Mein Herz klopfte schneller.

MS *Nella Dan*

1. Fahrt, Saison 1986/87

15. September 1986

Position: 46° 45.000' S, 147° 27.000' O

Anmerkung des Kapitäns: Ziel dieser Fahrt ist es, die Untersuchung von Heard Island abzuschließen und das Antarctic Division BIOMASS Experiment ADBEX III durchzuführen (Erfassung von Krill und anderem Zooplankton).

Wir sind gut vorangekommen, sind aber die ganze Nacht mit südlichem Kurs gefahren, um die Auswirkungen des Unwettersystems zu minimieren.

Ich erwache – reiße die Augen auf.

Wasser kracht gegen die Backbordseite, und wir schlingern wie wild. Ich klammere mich an meiner Koje fest, meine Finger krallen sich in die Laken, aber ich rolle trotzdem so weit rüber, dass ich am Schott lande.

Dort bleibe ich liegen. Ich liege direkt an dieser dünnen Wand, meine Steppdecke um die Beine geschlungen.

Komm wieder hoch, Nella. Komm hoch.

Ich liege still da. Ich warte.

Komm hoch.

Sie kommt hoch.

Ich falle auf meine Koje, hole tief Luft. Ich atme weiter, horche.

Das Wasser kracht wieder gegen die Wand, und das Schiff krängt heftig. Ich spanne meinen ganzen Körper an, aber ich lande trotzdem wieder am Schott, rutsche der Kajütendecke entgegen. Ich spüre, wie die *Nella* bebt, mit ihren metallenen Zähnen knirscht. Meine Knochen vibrieren mit. Ich versuche mich zu entspannen, ruhig zu bleiben – *Ist schon gut* –, aber es knirscht und quietscht, als würden sich sämtliche Schrauben, die sie zusammenhalten, lösen. Auseinanderbrechen.

Komm hoch, Nella. Hoch.

Ich spüre, wie sie sich anstrengt.

Mit einem Ruck schnellen wir zurück, und mein Federbett fliegt durch die Kajüte. Ich überlege, ob ich aus der Koje klettern und es wiederholen soll, aber es ist nicht kalt. *Mir* ist nicht kalt. Ich weiß nicht, wie lang wir schon in diesem Sturm unterwegs sind. Ich war woanders, tot, habe nicht mal geträumt.

Jetzt bin ich hier, in einer Kabine auf einem Schiff.

Jetzt bin ich hier, im Südlichen Ozean.

Ich greife nach meinem Wecker, aber er liegt nicht unter meinem Kissen. Ich spüre, wie die *Nella* ihre ganze Kraft zusammennimmt, um dem Seegang zu trotzen. Ihre Energie schießt durch mich hindurch.

Komm, Nella – hoch mit dir!

Die Tür fliegt auf, und Licht strömt in meine Kabine. Eine Silhouette taumelt herein, die Arme ausgestreckt.

»Hey, Bo«, sagt sie.

Es ist Sören.

»Wie viel Uhr ist es?«, schreie ich.

Er antwortet nicht, aber ich kann ihn jetzt sehen – sein Gesicht, sein völlig zerzaustes Haar. Ich fasse mir selbst ans Haar, merke, dass es von dem Herumgerutsche in der Koje hinten hochsteht.

Die *Nella* krängt wieder, legt sich jäh auf die Seite. Die Verschlüsse des Vorhangs lösen sich, und ein seltsames Licht fällt herein. Ich schaue von meiner Koje aus in Grün und Blau. Schaue direkt ins Wasser, durch mein Bullauge. Meine Kabine liegt unter Wasser – kalt und tief.

»Herrgott«, sagt Sören, während er auf den Boden rutscht. Er hat seine dicke Jacke an, als wollte er raus, ein bisschen spazieren gehen oder so. Er hält eine Flasche in der Hand.

»Prost!«, sagt er laut, beugt sich hoch und nimmt einen Schluck. Die *Nella* richtet sich wieder auf, und einen Moment lang ist alles richtig herum. Ich nutze die Schwerkraft, wälze mich aus der Koje. Ich finde Hose und Pullover und ziehe sie rasch an.

Ein Stiefel fliegt durch den Raum, trifft mein Bein. Irgendetwas rollt auf dem Boden herum, etwas Hartes – mein Reisewecker. Ich hebe ihn auf, schiebe ihn unter die Matratze. Im Schrank klappern die Kleiderbügel, und das Schiff krängt von neuem. Ich stütze mich an der Koje ab.

Sören fängt an zu lachen wie ein Irrer. Vielleicht ist er betrunken. Ich versuche ihm aufzuhelfen, aber es ist schwierig, zu stehen, schwierig, überhaupt irgendetwas zu tun. Ich lasse ihn los. Ich gehe auf die Knie, setze die Hände auf dem Boden auf und fange auch an zu lachen. Ich gebe mich geschlagen.

Wir schaffen es hinaus in den Gang. Wir schieben uns am Schott entlang und setzen uns dann auf den Boden unter das helle Neonlicht. Sören zwinkert mir zu, reicht mir die Flasche. Whisky. Canadian Club.

»Ich habe heute Geburtstag«, sagt er.

Ich schaue ihn an, schaue ihm ins Gesicht. Ich kann nicht erkennen, ob er Witze macht.

»Herzlichen Glückwunsch«, sage ich.

Ich warte, bis das Schwanken kurz nachlässt, setze die Flasche an. Ich nehme einen großen Schluck. Es brennt höllisch, aber gleich darauf kommt die Wärme, breitet sich in mir aus. Kriecht mir den Hals hinauf, ins Gesicht.

»Eigentlich habe ich erst morgen Geburtstag«, sagt er. »Aber Schlafen ist nicht drin, also habe ich beschlossen, dass ich jetzt schon Geburtstag habe.« Er hebt den Arm, stößt ein paarmal die geballte Faust in die Luft. Sieg.

Die *Nella* stampft.

Ich rutsche ans Schott, weg von Sören, schlittere durch den Gang. Fast hätte ich den Whisky verschüttet. Ich höre, wie oben Glas zerbricht, Möbel über den Boden scharren. Die Ladung – mein Gott, die Ladung zerrt an den Ketten, versucht sich Millimeter um Millimeter loszureißen. Habe ich in der Kombüse gestern Abend alles ordentlich gesichert? Ich weiß es nicht mehr. Die Kühlschränke, Gefrierschränke, all das Zeug, das zu Matsch werden kann. Tomaten, Melonen, die vielen Eier.

Ich schaue auf meine Füße. Ich habe nur Socken an. Einen blauen und einen schwarzen. Na ja, beinahe passend. Ich überlege, ob ich in die Kombüse hochgehen und nachschauen soll, aber ich kann eh nichts machen. Nicht jetzt.

Das ist alles nicht wichtig.

Sören nimmt mir die Flasche aus der Hand.

»Lass uns hier sitzen bleiben«, sagt er, als wären wir eigentlich auf dem Weg woandershin.

Ich schaue ihn an, sein Gesicht glänzt vom Alkohol. Ich weiß nicht, warum er mir nicht vorher gesagt hat, dass er Geburtstag hat. Ich überlege, ob ich irgendwas habe, was ich ihm schenken könnte.

»Okay«, sage ich. »Bleiben wir einfach hier sitzen.«

Weg von den Unterwasserbullaugen, weg von ungesicherten, herumfliegenden Gegenständen. Bleiben wir einfach hier unten sitzen, im Bauch unseres Schiffes. Bleiben wir hier.

Sören reicht mir wieder die Flasche. Ich nehme einen tiefen Schluck. Schließlich muss ich aufholen.

Die Kette am Löschschlauch schwingt in Richtung des gegenüberliegenden Schotts. Ich sehe zu, wie sie pendelt, wie sie das Schott erreicht, darüberschabt. Manchmal, wenn wir lange auf der Seite liegen, hängt sie herunter, manchmal kringelt sie sich zu einem Knäuel zusammen – dreißig, vierzig Zentimeter Kette, dort auf dem Schott. Ich kann den Blick nicht von ihr lösen, von dieser Bewegung. Dieser seltsamen seitlichen Schwerkraft.

An den Schleifspuren am Schott sehe ich, dass die *Nella* schon viel stärker auf der Seite gelegen hat als gerade eben. Viel stärker. Wir sind nicht in Gefahr. Die Kette wird zu unserem Barometer, unserem Trost. Die Kette wird zu unserem Trinkspiel. Wenn die Kette länger als fünf Sekunden am Schott liegt, trinken wir.

Wir schauen zu, wie sie schwingt.

Wir zählen.

Wir prosten uns zu.

Die Wärme erfüllt mich jetzt ganz. Ich bin umhüllt von Wärme und Licht. Bin umhüllt.

Sören zeigt auf mich. »Du musst echt bei mir einsteigen.« Er knufft mich heftig in die Schulter. »Wir bieten Essen an, Barfood. Unsere Musik aus der Stereoanlage. Unser eigener Laden!«

Er redete wieder von seiner Bar. Der Bar, von der er immer redet. Eine Bar, die er im Fleischerviertel von Kopenhagen aufmachen will.

Die Leute werden schon kommen, wart's nur ab! Früher oder später verwandelt irgendjemand diese Lagerhäuser in Wohnraum. Studenten, Pärchen, junge Leute. Die brauchen alle einen Laden, wo sie was trinken gehen können. Ich sag's dir!

Er zeigt wieder auf mich. Ich muss lächeln. Ich versuche mir vorzustellen, dass Leute in den alten Schlachthäusern leben, in kalten, offenen, zugigen Gebäuden, an denen der Zahn der Zeit genagt hat. Ich sehe das keineswegs vor mir, aber seine Begeisterung ist ansteckend.

»Abgemacht?«, fragt er.

»Okay«, sage ich. »Abgemacht«

Wir geben uns die Hand. Seine Augen sind nur noch halb offen, schauen nirgends mehr so recht hin. Er ist einundzwanzig.

Ich denke, wie jung das ist. Denke an all das, was noch vor ihm liegt. Ich freue mich für ihn, freue mich über die Zeit, die er vor sich hat. Die Zukunft gehört ihm.

»Herzlichen Glückwunsch«, sage ich noch einmal. Ich greife nach der Flasche und schaue ihn an, schaue ihm in die Augen. »Skål«, sage ich. Wir sind zusammen. Kameraden. Waffenbrüder.

Die Kette pendelt.

Die Klimaanlage verquirlt den Geruch von Aftershave. Irgendjemandem muss die Flasche zerbrochen sein, wohl einem der Expeditionsteilnehmer, und der Geruch erfüllt jetzt die unteren Decks, unseren Gang. Er erfüllt meine Lunge.

Sören nimmt einen großen Schluck Whisky, prustet ihn aber gleich wieder heraus. Vor Lachen. Vor Abscheu.

»Gott, Aftershave stinkt echt«, sagt er. Er wischt sich den Mund ab. »Du musst mir einen Kuchen backen«, sagt er hicksend.

Eines meiner Augen zuckt jetzt. Ich halte das Lid mit den Fingern geschlossen. Er knufft meine Schulter.

»Einen Kuchen«, sagt er noch einmal.

»Was für einen?«, frage ich.

»Eine Eistorte«, sagt er nach einer Ewigkeit angestrengten Nachdenkens.

Von allen vorstellbaren Kuchen und Torten sucht er sich ausgerechnet die aus, die nicht geht. Eine Eistorte. Ich denke an die Zutaten. Ich denke an all die Kuchen, die ich im Laufe meines Lebens gebacken habe. Ich kann jeden beliebigen Kuchen backen, aber eine Eistorte habe ich noch nie gemacht.

Mein Vater hat mir früher jedes Jahr eine Geburtstagstorte geschickt. Jedes Jahr, obwohl er so weit weg war, immer auf See. Einmal war es eine Eistorte mit einem Pinguin drauf.

Ein Funker. Er konnte so was organisieren.

»Mein Vater war nur bei fünf von meinen Geburtstagen dabei«, sage ich plötzlich. Ich strecke die Hand aus. Vier Finger und ein Daumen. Ich schaue sie an. Sie kribbeln, meine Finger. Ihre Umrisse sind verschwommen.

Sören schaut mich an.

»Mein Vater war kein Seemann«, sagt er und nimmt wieder einen großen Schluck. »Schweine«, sagt er und bricht in schallendes Gelächter aus.

Ich kriege kaum noch Luft vor Lachen. Ich höre ihn noch einmal »Schweine« sagen, mit einer ganz hohen Stimme, fast ein Quieken, das nicht richtig herauskommt.

Wir lachen zusammen, bis wir nicht mehr können.

Die *Nella* stampft, wir rutschen gegen das Schott. Sören landet auf der Seite, ich auf dem Rücken. Die Kette bleibt liegen, aber keiner von uns kann noch etwas trinken.

Und ob es nun an den Schweinen liegt oder am Whisky, jedenfalls kriege ich Hunger. Einen Mordshunger. Ich schaue Sören an. Ich kann ihn mir nicht als Bauern vorstellen. Von Schweinen, Gras und weitem Land umgeben. In seiner Bar mit dem ganzen industriellen Krempel und dem Chaos und der Musik dagegen sehe ich ihn sehr wohl. Ich habe es vor Augen. Es ist ein guter Traum.

Wir schaffen es die steile Treppe hoch, kommen an Jens, dem Chefingenieur, vorbei. Er nickt uns zu, seine Hände und sein Overall sind ölverschmiert. Er sieht fix und fertig aus. Ich frage ihn, ob er irgendetwas braucht, aber er winkt ab, geht weiter. Ich hatte gar nicht mehr daran gedacht, dass einige Leute auf sind und arbeiten – oben auf der Brücke und unten im Maschinenraum, die Nachtbesatzung, die für unser aller Sicherheit sorgt. Uns durch die Nacht steuert, im Sturm Wache hält. Auf unserem Weg nach Süden.

Die Kombüse sieht okay aus, Messer und Töpfe sind gesichert. Ein paar Teller sind kaputtgegangen, ein paar Tassen. Eine Thermoskanne rollt auf dem Boden herum. Ich hebe sie auf, sichere sie an ihrem Platz.

Klaus schließt die Vorratsschränke immer ab, um hungrige Kunden abzuhalten, aber wir wissen, wo der Ersatzschlüssel ist. Ich hole ihn, stelle das frische Schwarzbrot und die Butter raus.

Als die Kombüsenjungen unterwegs mal den großen Wasserkessel auffüllten, entdeckten sie drei totgekochte

Frankfurter Würstchen darin. Ein vergessener Mitternachtssnack. Klaus ist fast durchgedreht auf der Suche nach den Schuldigen. Er behauptete noch wochenlang, der Kaffee schmecke nach Würstchen, nein eigentlich alles. Ein Hauch von Würstchen, sosehr wir den Wasserkessel auch schrubbten. Es hat ihn schier verrückt gemacht.

Ich hole den langsam gegarten Schweinehals raus, den eingelegten Kohl. Unsere mit Fleisch, Mayonnaise, Kapern, sauren Gurken und eingelegtem Kohl belegten Brote schmecken prima. Wir sitzen in der roten Essnische und futtern. Halten unsere Teller fest, halten uns am Tisch fest. Wir stützen uns ab, wenn das Schiff krängt, und entspannen uns, wenn nicht. Wir laufen auf Automatik, denken gar nicht an den Sturm, an die Geräusche von Wasser, Wind und Metall. Und wir reden auch nicht mehr. Wir essen, bis wir alles verputzt haben, bis wir voll und müde und zufrieden sind.

Sören schaut mich an, Mayonnaise an der Wange. Er legt den Kopf auf den Tisch, schließt die Augen.

»Meinst du, wir sollten ins Bett?«, fragt er mit schwerer Zunge.

Ich schaue auf seine Armbanduhr. Fast drei. Leo wird bald auf sein, aber vermutlich kommt keiner zum Frühstück. Und tagsüber wird es nur belegte Brote geben. Kaffee und belegte Brote, die wir verteilen werden. Ein leichtes Frühstück für die Besatzung. Brot und Käse.

Erleichterung erfasst mich. Es wird ein lockerer Tag für uns werden, zu stürmisch zum Kochen. Ein lockerer Tag.

Unten in unserem Gang pendelt die Kette des Löschschlauchs nach wie vor, aber sie berührt das Schott nicht mehr lang. Vielleicht wird es jetzt möglich sein, zu schlafen.

»Gute Nacht, Alter«, sage ich zu Sören.

Er salutiert, die Augen wegen des hellen Lichts geschlossen. *Herzlichen Glückwunsch,* denke ich.

Morgen werde ich es allen erzählen. Morgen werden wir das irgendwie feiern.

Es sind erst ein paar Monate, aber mir kommt es vor, als würde ich ihn schon mein Leben lang kennen. Ich kann mich an nichts erinnern, was davor war.

Aalborg, Dänemark; Hafen
3. Juli 1986

»Unser Zuhause für die nächsten neun Monate«, sagt eine Stimme.

Ich drehe mich um. Neben mir steht ein junger Mann. Ein Fremder. Er trägt die gleiche Uniform wie ich – ein Junior Steward.

»Sören«, sagt er, »ich heiße Sören«, und gibt mir die Hand. Ein kräftiger Händedruck, irgendwie vertraut.

»Ich hab dich schon mal irgendwo gesehen«, sagt er.

Ich betrachte sein Gesicht, seine klaren blauen Augen. Er ist jünger als ich, vielleicht Anfang zwanzig. Ich nicke, allerdings bezweifle ich, dass er mich je gesehen hat. Ich erinnere mich jedenfalls nicht an ihn.

»Ein Glücksfall«, sagt er. »Ich habe schon eine Menge über dieses Schiff gehört, und ich wusste sofort, dass ich total gern darauf mitfahren würde.«

Er schaut jetzt zu dem Schiff hoch, und ich auch. Es wirkt so groß hier am Kai, aber sobald wir draußen auf dem Meer sind, wird es sich klein anfühlen mit uns allen darin.

»Was haben wir für ein Glück«, sagt er. »So ein Glück. Glaubst du's?« Er klopft mir auf den Arm, wie es vielleicht ein Bruder täte oder ein alter Freund, und ich nicke. »Ja«, sage ich, »es ist toll.«

Er redet immer weiter. Es scheint ihn nicht zu kümmern,

oder vielleicht bemerkt er es gar nicht, dass ich schweige. Er redet einfach weiter, und seine blauen Augen leuchten.

»Ich habe schon dreimal für J. Lauritzen gearbeitet, bevor ich hier angeheuert habe. Zwei Kühlschiffe und eine Ölbohrinsel in der Nordsee. Ich war in ein paar Mittelmeerhäfen, in Israel, in vielen europäischen Häfen, in Mittelamerika und in Chile. Die Ölbohrinsel war langweilig. Drei Wochen arbeiten, drei Wochen frei. Zwölf Stunden, Tag für Tag, aber immer auf demselben Fleck, du kannst dir ja vorstellen, wie aufregend das war!«

Ich nicke wieder, und er redet weiter. Er redet wie ein Wasserfall. Er erzählt mir, dass es auf diesem Schiff bisher nur zwei Chief Stewards gab, einen Vater und seinen Sohn. Er erzählt mir, dass er eine Kamera hat, eine gute, und dass er alles fotografieren wird. Alles. Schwarzweiß, künstlerisch, klassisch.

»Herrgott!«, sagt er. »Die Antarktis!«

Vielleicht bin ich froh über die Gesellschaft. Vielleicht ist es einfach nett, jemanden zu haben, der so redet wie er, ohne Punkt und Komma, sodass ich nicht nachdenken, mir keine Sorgen machen, nicht überlegen muss, was ich mit mir anfangen soll. Ich kann einfach zuhören – mich von den Geschichten mitreißen lassen.

Ich werde Zweiter Schiffskoch sein, und ich werde neun lange Monate mit diesem Mann zusammenarbeiten, jung und fröhlich, wie er ist. Entgegen meiner Absicht lächle ich jetzt.

Ich habe das Gefühl, dass sich in meinem Leben gerade alles grundsätzlich verändert, dass nichts mehr so sein wird wie zuvor. Ich weiß, dass es noch nicht zu spät ist, auszusteigen, auf meine Insel zurückzukehren und mir

Arbeit auf einem kleinen Fischerboot zu suchen, wie ich es schon so oft getan habe. Ich kann bleiben, wo ich bin, muss mich nicht vom Fleck rühren. Ich muss nicht bis in die Antarktis fahren. Vielleicht muss ich gar nicht weg.

Aber als ich aufblicke, sehe ich nichts als das leuchtende Rot des Rumpfs, und oben auf dem Bug steht in Weiß der Name. Ein Name, den ich schon mein Leben lang kenne. *Nella Dan.*

»Herrgott!«, sagt Sören wieder und stupst mich mit dem Ellenbogen an. »Was haben wir für ein Glück.«

MITTLERER WASSERSTAND

In die Fähre einzusteigen war jeden Tag anders. Es hing von den Gezeiten ab. Bei Flut schwappte das Wasser hoch auf den Beton und drohte unsere Füße nass zu machen, unsere Beine zu erwischen, und die Fähre musste direkt an den Beton herankommen, weil der Steg zum größten Teil unter Wasser lag. Dann war es schwierig, an Bord zu gelangen, und Peter hievte uns einen nach dem anderen hinüber.

Manchmal kamen wir zu spät zur Schule, weil es stürmisch war und die Überfahrt länger dauerte. Wenn es richtig stürmisch war, mit Schaumkronen und Wellen, spielten wir oft ein Spiel, bei dem man mit geschlossenen Beinen und hochgestreckten Armen mitten auf der Fähre stehen musste, ohne sich irgendwo festzuhalten. Es ging darum, nicht hinzufallen. Wer am längsten so stehen bleiben konnte, hatte gewonnen. Ich mochte dieses Spiel sehr – ich mochte das Gefühl, hoch oben auf dem Wasser zu balancieren, mich mit ihm zu bewegen, als wäre ich Teil der Fähre, als wüchse mein Körper aus ihrem Rumpf, unterwegs auf dem kalten Wasser.

Bei Ebbe konnte die Fähre nicht bis an den Kai heranfahren, sondern musste am Ende des Stegs anhalten. Sie lag tief im Wasser, und wir mussten vom Steg aufs Deck hinunterspringen. Manchmal war es glitschig. Manchmal fühlte es sich wie ein sehr weiter Sprung an – wie ein Sprung ins kalte Wasser. Mein Bruder fand das schrecklich.

Bequem gelangte man nur bei mittlerem Wasserstand auf die Fähre. Wenn das Wasser genau in der Mitte zwischen Ebbe und Flut stand, wenn alles im Gleichgewicht war.

Bei mittlerem Wasserstand entspannten wir uns alle. Man wusste, dass es ein guter Tag werden würde. Ich hoffte immer auf mittleren Wasserstand, aber wir hatten ihn nicht allzu oft.

Das Wasser war jeden Tag anders, und mittlerer Wasserstand herrschte immer dann, wenn man ihn am wenigsten erwartete.

EIN RIESE AM TISCH

Wir waren nicht weit vom Stadtrand entfernt, und mein Bruder ging nicht langsam wie sonst – seine blauen Turnschuhe waren direkt neben mir, hielten Schritt mit meinen weißen. Meine Hand lag auf dem Geld in meiner Tasche, dem Zwanzig-Dollar-Schein.

Es war sehr viel Geld.

Mum hatte nicht mal gesagt, dass wir ihr den Rest zurückgeben sollten, und ich wusste zwar nicht, was Kinokarten kosteten, aber ich war mir sicher, dass ein bisschen Geld für Getränke oder was zum Knabbern übrig bleiben würde, für Popcorn zum Beispiel.

Es machte mir nichts aus, mit meinem Bruder zusammen zu gehen. Er hielt Schritt, und ich wusste, dass er wahrscheinlich lächelte. Ich schaute nicht zu ihm rüber. Ich spürte einfach, dass er da war, und das war gut.

Wir schauten uns einen Film namens *Beat Street* an. Mein Bruder hatte ihn ausgesucht, und er entpuppte sich als der beste Film, den ich je gesehen hatte. Er war voller Musik, voller Tanz. Es gab nur einen gruseligen Moment, als am Ende des Films eine der Hauptpersonen auf eine Stromschiene fällt und stirbt. Ich hatte noch nie einen Film gesehen, in dem jemand stirbt. Der Junge hinterließ ein Baby.

Er war Graffiti-Künstler und hatte ein paar tolle Bilder

auf die grauen Mauern der kaputten Stadt in dem Film gesprayt. Es war irgendwo in New York. Vielleicht in der Bronx. Eine große Stadt aus nacktem Beton.

Er hatte die Stadt verschönert.

Nach dem Film war der Heimweg nicht mehr so lang, gar nicht anstrengend. Die Energie des Films trieb uns an, die Musik, die Freiheit. Vor dem alten Süßigkeitenladen in der Hampden Road blieben wir stehen und schauten all die Gläser mit Süßigkeiten im Schaufenster an. Glas um Glas voller leuchtend rosa-grüner Apfeldrops, rotgestreifter Zuckerstangen, quadratischer gelber Fruchtgummis, die mit Zucker bestäubt waren. Mir lief das Wasser im Mund zusammen.

Mein Bruder wandte sich vom Schaufenster ab. Er sagte mir, er werde auch mit Graffiti anfangen, aber nicht an Mauern oder so, sondern einfach auf Papier.

»Vielleicht in einem Heft.«

Dann sagte er nichts mehr, bis wir kurz vor unserer Straße waren. »Ich kann nicht besonders gut zeichnen«, sagte er und guckte auf seine Turnschuhe hinunter. »Aber vielleicht ist das egal, und ich kann es trotzdem machen. Vielleicht kann ich es einfach machen, und keiner kann sagen, dass es verkehrt ist.«

Ich fuhr im Gehen mit der Hand über die Zäune, über Holzzäune und Backsteinmauern. Bienen schwebten über einem Lavendelstrauch, und es gab Rosen in einer Farbe, die ich noch nie gesehen hatte. Fast pink und fast violett, aber beides nicht so richtig – so was Sanftes zwischendrin.

»Niemand kann sagen, dass es verkehrt ist«, sagte ich.

Als wir heimkamen, war ein Riese in unserem Haus. Er saß am Küchentisch und hatte den Stuhl zurückgeschoben, damit seine langen Beine Platz hatten. Mum saß ihm gegenüber, dicht am Tisch, ihre kleine gelbe Teetasse in der Hand und den gelben Unterteller vor sich.

Mein Bruder und ich blieben an der Tür stehen, und Mum sagte: »Das ist Bo.«

Der Mann stand auf. »Hallo«, sagte er mit tiefer Stimme. »Wie war der Film?«

Mein Bruder ging hinein und setzte sich an den Tisch.

»Wir haben uns *Beat Street* angeschaut«, sagte er. »Erstklassig.«

Ein Teller mit Keksen stand auf dem Tisch. Scotch Finger. Mein Bruder schaute sie an. Ich weiß nicht, wo sie herkamen. Zum Frühstück hatte es keine Kekse gegeben.

Ich schob die Hand in die Tasche, tastete nach dem Wechselgeld. Ein Schein und ein paar Münzen. Ich ging zu Mum und legte ihr das Geld auf den Tisch. Ich spürte, dass der Mann mich ansah.

»Sag hallo«, sagte Mum.

»Hallo.«

»Hallo, Isla«, sagte der Mann

Ich weiß nicht, woher er meinen Namen kannte oder woher er Mum kannte, und ich versuchte, ihn nicht anzuschauen, als er sich wieder setzte, aber dann schaute ich ihn doch an, besonders sein Gesicht; seine Augen waren graublau wie das Meer.

DER WALNUSSBAUM

Draußen im Garten zeigte ich Bo den Walnussbaum. Bo rauchte eine Zigarette.

»Ich mag Walnüsse«, sagte er. »Ich esse sie gern beim Laufen.«

Ich dachte daran, wie mein Bruder und ich die Walnüsse auf der Betontreppe hinter dem Haus mit einem Stein aufgeschlagen hatten und wie sich Nussstückchen mit der kaputten Schale vermischten, wenn man zu fest schlug.

»Wie machst du die denn auf?«, fragte ich.

»Oh«, sagte er, eine Nuss in der Hand, »das ist ganz einfach. Siehst du, dass sie hier auf der einen, der spitzen Seite fest zu ist?«

Ich nickte. Das spitze Ende der Schale war fest verschlossen.

»Aber auf der anderen Seite, der rundlichen, gibt es so ein weiches Stückchen, wo sie am Baum hing.«

»Wie ein Schädel«, sagte ich.

»Ja«, sagte er. »Ein kleiner Schädel.«

Er zog ein Taschenmesser aus der Hosentasche. Silberglänzend – Edelstahl.

»Dieses Messer hat mir mein Vater geschenkt«, sagte er, »vor vielen, vielen Jahren«, und er klappte die scharfe Klinge aus ihrem engen Versteck. Er hielt die Walnuss in der einen Hand und schob die Messerspitze mit der anderen ganz leicht in den korkartigen Streifen. Dann drehte er die Klinge. Es knackste, die Schale öffnete sich – zwei Hälften lagen in seiner Hand.

Er hielt die eine hoch. »Ein kleines Gehirn«, sagte er.

Die Nuss saß vollständig in der einen Schalenhälfte, heil und ganz. Er nahm sie aus der Schale und gab sie mir, und ich zerkaute den warmen Geschmack. Das sahnige Fruchtfleisch und dazu der leicht bittere Beigeschmack des dünnen Häutchens, echt lecker.

»Jetzt können wir natürlich nicht aufhören«, sagte er, machte bereits die nächste Nuss auf und aß sie in einem Stück.

»Als ich noch zur Schule gegangen bin, habe ich oft Walnüsse von unserem Nachbarn geklaut. Er hatte drei große Walnussbäume in einer Reihe. Es war ein alter Mann namens Emil. Vielleicht war er verrückt, ich weiß es nicht. Ich habe ihn nie Nüsse aufsammeln sehen, aber es war trotzdem nicht richtig, sie zu nehmen. Das wusste ich. Ich aß sie immer auf dem Weg zur Schule, und ich habe sie mit diesem Messer hier geknackt. Wenn ich erst einmal angefangen hatte, konnte ich gar nicht mehr aufhören.«

Bo gab mir sein Messer.

»Versuch du es mal.«

Ich hob eine Walnuss auf und hielt sie in der Hand. Das Messer fühlte sich schwer und warm an, und ich schob die Messerspitze vorsichtig hinein, so wie Bo es mir gezeigt hatte. Ich drehte das Messer, mein ganzes Handgelenk drehte sich mit, es knackste, und die Schale ging auf. Die beiden Schalenhälften waren perfekt, aber ihr Inneres war dunkel. Sie waren leer.

Es war nichts drin.

Ich schaute dahin, wo die Nuss hätte sein sollen. Dann hob ich den Kopf und sah Bo an.

»Oh«, sagte er und nahm mir die Schalen aus der Hand. »Die haben die Elfen gegessen.«

Er gab mir die beiden Walnussschalen zurück.

»Die solltest du aufheben«, sagte er. »Als Glücksbringer.« Er zwinkerte mir zu.

Ich schaute die Schalen wieder an. Ich wusste nicht, ob das stimmte, ob Nussschalen Glück bringen konnten, aber ich steckte sie in die Tasche. Und hob sie auf.

Die nächste Nuss war wirklich eine, aber sie halbierte sich mit der Schale. Wie ein kleines Herz sah sie aus. Ein Schädel mit einem kleinen Herzen drin.

»Walnüsse sind gesund«, sagte Bo. »Sehr gesund.«

Er lächelte und knackte noch eine Nuss. Wir saßen da und aßen so viele Nüsse, wie wir finden konnten, zwanzig oder mehr, eine nach der anderen, bis wir von Walnussschalen umgeben waren, lauter perfekten Hälften.

WAS ICH MAG

Wir hatten keinen Rasenmäher. Einmal im Monat kam der Mann von nebenan und mähte bei uns im Garten. Er sagte, ihm mache das Spaß. Er mähte immer samstags am frühen Morgen. Mich störte das nicht, denn ich war um die Zeit schon auf. Mein Bruder und ich standen samstags immer früh auf, um uns die Zeichentrickfilme anzuschauen. Sie liefen nur bis neun – wenn man nicht früh aufstand, verpasste man sie. Nach den Zeichentrickfilmen kamen stundenlang nur Sportsendungen.

Mum blieb immer im Bett, obwohl der Rasenmäher sehr laut war und sie bestimmt weckte.

Bo stand an der Hintertür und schaute dem Mann beim Mähen zu.

»Ist das nicht toll?«, sagte er zu mir, als ich kam. Ich nickte, wusste allerdings nicht, warum. Ich wusste nicht, was toll sein sollte. Als der Mann fertig war und ging, rannte Bo die Gartentreppe hinunter und legte sich ins Gras. Er wälzte sich herum, hin und her, und als er endlich stillhielt, lag er mitten auf dem Rasen auf dem Bauch.

Mein Bruder kam heraus, um zu gucken, was los war, und wir gingen zusammen die Treppe hinunter und blieben am Rand des Rasens stehen. Er schniefte schon, und mir juckten die Augen von den winzigen Grasteilchen, die in der Luft hingen. Bo legte das Gesicht direkt auf die Erde, atmete tief ein und blieb ewig so liegen. Als er aufsah, hatte er Abdrücke vom Gras im Gesicht und sagte: »Ich liebe Gras!« Wir mussten lachen, warum, weiß ich nicht. »Ich liebe Gras«, sagte er noch einmal, rollte sich auf die Seite und stand auf. Sein weißes T-Shirt war von dem frischen Gras ganz fleckig.

»Es kommt mir vor, als hätte ich seit meiner Kindheit kein Gras mehr gerochen.«

»Ich habe Heuschnupfen«, sagte mein Bruder und rieb sich die Augen, dann begann er zu niesen. Bo ging mit uns hinein und wusch meinem Bruder das Gesicht mit einem warmen Waschlappen ab.

»Glaubst du, dein T-Shirt ist jetzt hin?«, fragte mein Bruder, als er nicht mehr niesen musste. »Mum sagt immer, Grasflecken gehen nicht raus.«

Bo guckte auf sein fleckiges T-Shirt hinunter, braun von der Erde und grün vom Gras.

»Es ist perfekt«, sagte er. »Mein T-Shirt ist perfekt.«

EINE SCHACHTEL KAUGUMMI

Es war etwas Besonderes, auf Bos Schiff zu gehen. Etwas, was ich mir schon öfter ausgemalt hatte, wenn ich all die Schiffe am Kai anguckte und dachte, wie gern ich sie mal von innen sehen würde. Bei den Marineschiffen gab es manchmal einen Tag der offenen Tür, aber die waren anders als die *Nella*. Sie waren grau und sauber und durchorganisiert. In getrennte Bereiche unterteilt.

Mum ging an einem Sonntag mit uns an den Kai. Es war der Tag, bevor Bo in die Antarktis aufbrach. Zur Casey Station.

Die *Nella Dan* erwartete uns schon, hell und warm. Innen war sie größer, als man vermutet hätte. Es gab Treppen und viele Stockwerke und Kabinen und Korridore und Außendecks und überdachte Decks und Duschen und Toiletten und Räume zum Essen und Räume zum Sitzen, und alles fühlte sich behaglich und bewohnt an, gemütlich und geliebt. Es war, als käme die *Nella Dan* aus einer anderen Zeit und von einem anderen Ort. Einem viel besseren Ort als unserem.

Bo machte uns Mittagessen, und wir setzten uns zur Besatzung an den Tisch. Sie legten uns Kissen auf den Stuhl, damit wir an alles drankamen. Und wir waren wie Winzlinge, wie Elfen, alles war riesig für uns. Die Gläser mit Milch, die Literflaschen Bier, die Scheiben dunkles Brot und Käse. Ein Mann namens Sören mit langen flachsblonden Haaren trank einen ganzen Liter Milch direkt aus der Tüte, und dann rülpste er laut und lachte. Mein Bruder lachte auch. Und wie.

Später, nach dem Abendessen, hob Sören meinen Bruder hoch in die Luft, damit er die ganzen Schachteln voll zollfreier Lutscher und Schokolade sah, die oben auf einem Vorratsschrank gestapelt waren. Sören sagte ihm, er solle sich aussuchen, was er wolle, er sprach mit einem starken Akzent, der tief und rollend und fröhlich klang. Ich sah, wie die Hand meines Bruders nach einer orangen Schachtel griff. Und ich sah seine Augen, wie groß sie waren. Als Sören ihn wieder auf den Boden stellte, schaute mein Bruder zu ihm hoch und fragte, ob das in Ordnung sei. Sören tätschelte ihm den Kopf und sagte etwas auf Dänisch. Alle lachten, und als die anderen Besatzungsmitglieder wieder zur Arbeit gingen, tätschelten sie meinem Bruder auch alle den Kopf.

Wir liefen mit Mum vom Kai nach Hause, und mein Bruder drückte die Schachtel auf dem ganzen Weg fest an sich. Es war eine Schachtel mit hundert Päckchen Kaugummi von Wrigley's, und obwohl ich meinen Bruder noch nie hatte Kaugummi kauen sehen, wusste ich, dass er sein Glück kaum fassen konnte.

Er schaute mich an und sagte mir, ich könne die Hälfte haben, wir könnten uns die Kaugummis teilen. So war es zwischen uns.

MS *Nella Dan*

2. Fahrt, Saison 1986/87

29. Oktober 1986

Position: 56° 39.000' S, 147° 14.000' O

Anmerkung des Kapitäns: Kommen gut voran; Vorbereitungen für die Nachversorgung der Casey Station sind im Gang.

Sie kommen aus dem weichen Grau
Weiß mit sauberen schwarzen Rändern
Albatrosse, sie gleiten frei
Wenden ohne Mühe, schlagen kaum mit den Flügeln
Weiche Federn, meterweit gebreitet
Doch vor dem endlosen Wasser nach allen Seiten
Wirken sie klein.

Vier Uhr morgens, und obwohl wir viele sind in der Kombüse, sind wir leise – schlafen noch halb. Wir sind noch durch die Einsamkeit voneinander getrennt, die mit der Nacht einhergeht. Es dauert etwas, sich umzugewöhnen.

Aber wir sind konzentriert. Beschäftigt. Eine Aufgabe, dann die nächste.

Kaffee in meiner angeschlagenen Tasse, schwarz und bitter. Er pulsiert durch meinen Körper, füllt meinen leeren Magen, und meine Gedanken beschleunigen sich. Meine Augen werden feucht und blinzeln, und ich komme langsam zu mir. Ich begebe mich in den Arbeitstag.

Den Arbeitstag.

Leo ist schon seit Stunden am Backen. Das Bäckerleben. Die Kombüse ist von warmem Brotduft erfüllt, dem Duft der süßen Stückchen, die aus dem Ofen geholt werden, damit sie abkühlen und dann glasiert werden können. Er gibt uns eines, wenn wir wollen. Die Vanillefüllung ist noch heiß, und man muss aufpassen, dass man sich nicht den Gaumen verbrennt, sonst schmeckt man den ganzen Tag nichts mehr.

Süße in der Luft, und jetzt auch Süße in meinem Magen. Ich spüre, wie der Zucker das Blut durch meinen Körper treibt. Bald wird der Geruch von brutzelndem Frühstücksspeck in der Luft hängen. Blutwurst. Salz und Butter. Wurst und Eier.

Wir bereiten uns auf den Frühstücksansturm vor. Wir selbst werden erst wieder etwas essen, wenn er abgeebbt und alles sauber gemacht ist. Die Kartoffeln für die Kartoffelplätzchen schälen, kochen und zerstampfen. Die Grapefruit halbieren, die Dosenbirnen in Scheiben schneiden, die Frühstücksflocken bereitstellen, die die Australier so gern essen. Cornflakes, Sultana Bran, Müsli mit Milch. Dann der Käseaufschnitt, Schinken, Räucherlachs.

Schon halb sechs. Die Seeleute sind auf, wir haben ihnen Thermoskannen mit Kaffee hingestellt. Sie trinken ihn und fangen mit der Arbeit an. Um sieben kommen sie hungrig wieder, wollen ihr warmes Frühstück.

Die Kombüsenjungen haben verschlafen. Sie sind noch jung, siebzehn. Fast noch Kinder. Sie kämpfen gegen den schweren Schlaf an und verlieren.

Schwere Knochen, das Gewicht ihres Wachstums, das Schlaf braucht und gegen den Morgen ankämpft. Ein ständiger Kampf.

Erik erscheint schließlich, seine Uniform ist zerknittert und etwas fleckig, sein Haar steht in alle Richtungen ab. Er sagt nichts, lehnt sich neben den Öfen an die Wand, blinzelt ins Neonlicht.

Klaus sagt, er solle sich die Haare kämmen gehen und dann den Frühstücksraum herrichten, außerdem solle er Jonas wecken, »Herrgott noch mal!«.

Erik stapft langsam aus der Kombüse hinaus und erscheint ein paar Minuten später wieder, das blonde Haar mit Wasser angeklatscht.

»Jonas kommt auch gleich«, sagt er.

Ich lächle ihn an, und er erwidert mein Lächeln, zeigt seine engstehenden, schiefen Schneidezähne. Er versucht sich einen Schnurrbart wachsen zu lassen, aber die Haare sind zu flaumig, er ist zu jung, es sieht aus, als hätte er Fusseln auf der Oberlippe, die man ihm wegwischen möchte. Aber er ist ein prima Kerl, er arbeitet hart und beklagt sich nur selten. Und jeder von uns weiß genau, wie es ist, mit siebzehn auf seinem ersten Schiff zu sein und Vierzehn-Stunden-Schichten zu arbeiten, so fern von zu Hause.

Aalborg, Dänemark; Hafen
3. Juli 1986

Ich höre eine Frau weinen. Ich drehe mich um. Ein junger Mann – ein Junge – steht aufrecht da. Eine Mutter im dicken braunen Mantel hält ihn verzweifelt fest, die Arme um seinen Oberkörper gelegt.

»Es ist einfach zu weit weg«, sagt sie. »Und es ist gefährlich.«

Er antwortet nicht. Er schaut auf den Boden. Vielleicht ist es ihm peinlich – oder vielleicht versucht er, sich das Weinen zu verkneifen, ich weiß es nicht.

Warum musst du weg?

Ich war sechzehn, stand vor der Abreise. Mein erstes Schiff. Meine Großmutter hatte mir Proviant und eine Thermosflasche mit Kaffee für die Fähre gerichtet. Sie hielt mein Gesicht in den Händen, drückte meine Wangen so fest, dass es beinahe wehtat. Sie schaute mir in die Augen und sagte, ich hätte versprochen, nie wegzugehen.

»Du hast immer gesagt, du hasst das Meer«, sagte sie.

Ich hätte ihr in hundert Jahren nicht erklären können, dass sich in meinem Innern alles verändert hatte und dass ich jetzt gehen musste und selbst nicht sagen konnte, warum.

Der Junge tritt einen kleinen Schritt zurück, und seine Mutter lässt ihn los.

»Es wird schon nichts passieren«, sagt er. »Es wird nichts passieren, ich versprech es dir.«

Die Frau bedeckt ihr Gesicht mit den Händen. Ich sehe, wie sie zittert. Der Junge beugt sich zu ihr und sagt ihr leise etwas ins Ohr. Ich kann es nicht hören. Vielleicht sagt er ihr, dass er sie liebt. Dass es ihm leidtut, wegzufahren.

Es tut mir leid.

Verzeih mir.

Meine Großmutter. Sie küsste mich auf die Wange, wandte sich von mir ab und ging fort, mit diesem langsamen, gemessenen Schritt, den sie ein Leben lang hatte. Ich sah ihr nach. Sie wartete nicht, bis die Fähre ablegte, und sie drehte sich nicht um, kein einziges Mal.

Jetzt war ich ganz auf mich gestellt. Ich sah, wie meine Insel, die ich noch nie allein verlassen hatte, ganz klein wurde und dann in der Weite der Ostsee verschwand. Ich ging hinein, setzte mich auf einen Plastikstuhl und schaute in den vielen Stunden, die es dauerte, bis wir die riesigen Kaianlagen außerhalb von Kopenhagen erreicht hatten, nicht mehr hinaus. Ich hatte meine Entscheidung getroffen.

Jemand stupst mich am Arm. Es ist Sören, der neben mir steht. Er reibt sich die Hände. »Los geht's«, sagt er. »Ab in die Antarktis!«

Ich gehe die Gangway hinauf, schaue mich noch einmal um und sehe, wie der Junge seiner Mutter einen Abschiedskuss gibt und dann losrennt mit seinen langen Armen und Beinen, bis er direkt hinter mir steht.

»Tag«, sagt er.

»Tag«, erwidere ich, und ich sehe, dass seine Lippen ein klein wenig zittern. Er sagt, dass er Erik heißt.

Ich betrachte sein Gesicht, sein Haar, das ihm in die Stirn hängt, sein Pferdegebiss. Ich möchte ihm gern sagen, dass die Besatzung spätestens am Äquator zu einem Familienverband zusammengewachsen sein wird, das Schiff unsere Insel – und dass es dann nicht mehr so wehtun wird, an zu Hause zu denken.

Ich gebe ihm die Hand. »Hallo Erik«, sage ich.

MS *Nella Dan*

2. Fahrt, Saison 1986/87

1. November 1986

Position: 61° 59.000' S, 118° 9.000' O

Eislage: Eisschollen und Eisberge

Anmerkung des Kapitäns: Heute war König Neptun da, um all diejenigen zu salben, die zum ersten Mal südlich des 60. Breitengrades sind. Die Eisschollen und Eisberge nehmen zu, je näher wir Casey kommen.

Eisstücke schlagen gegen den Schiffsrumpf, wie riesige Hagelkörner auf ein Blechdach – klack, klack, klack. Knirschend durchfährt das Schiff kleinere Eisfelder. Kapsturmvögel und Schneesturmvögel gleiten an meinem Bullauge vorbei.

Ich schlafe in meiner Koje zum Geräusch des ans Schiff stoßenden Eises ein.

Ich bin müde. Ich spüre die Schwere in meinem Gesicht, meinen Knochen. Selbst Sören fragt mich immer wieder, ob alles okay ist. Es liegt an den Ringen unter meinen Augen.

Wir sind nur noch einen Tag von Casey entfernt, und das Eis wird dicker – mehrjähriges Eis, zusammengebacken –, wir pflügen langsam hindurch. Wenn ich in meiner Koje liege, höre ich, wie das Eis über den Rumpf schabt, und das ganze Schiff bebt, weil die Maschinen auf vollen Touren laufen, damit wir genug Schub haben.

Ab und zu hört man das Schrappen von etwas Hartem, einem kleinen Eisberg, der an der *Nella* entlangschrammt – ihr wehtut. Egal wie müde ich bin, dieses Geräusch weckt mich jedes Mal. Es ist, als wäre es mir seit jeher vertraut. Wie das Heulen eines Wolfs. Es ist eines dieser Geräusche, die jede Zelle in meinem Körper wecken und sagen: Achtung! Wach auf!

Aber dann ist es vorbei, und meine Muskeln entspannen sich, mein Herzschlag wird wieder langsamer. Vielleicht sollte ich aufstehen und mir einen Kaffee machen, denke ich. Dann schlafe ich wieder fest – bin völlig weg. Keine Träume, keine Dämmerung, nur mein Wecker, der völlig überraschend losgeht. Ein Klingeln von ferne, das lauter und lauter wird. Ein Geräusch, das einfach nicht aufhören will.

IN DER TELEFONZELLE

Mit einer Handvoll Zwanzig-Cent-Münzen in meiner Tasche gingen mein Bruder und ich von unserem Haus in der Mona Street durch die Francis Street zur Hauptstraße, wo die Telefonzelle stand.

Ich habe in der gesamten Zeit, die wir in diesem Haus gewohnt haben, nie jemand anderen die Telefonzelle benutzen sehen. Aber wir benutzten sie, jeden zweiten Sonntag. Wir quetschten uns beide hinein und schlossen die Glasfalttür hinter uns; ich hatte Schmetterlinge im Bauch, und mein Bruder vielleicht auch. Vielleicht hatte ich Angst, und er vielleicht auch.

Er hielt den Hörer, und ich warf drei Zwanzig-Cent-Münzen ein und wählte die Nummer – die Vorwahl für Victoria und dann die sieben Zahlen danach.

Mein Bruder sagte: »Es klingelt!«, und streckte mir den Hörer entgegen, als würde er ihm das Gesicht verbrennen. Er sah besorgt aus, also nahm ich ihm den Hörer ab.

Wenn am anderen Ende jemand abnahm, piepte es dreimal, und dann sagte jemand: »Ja bitte?« Es war Dads Stimme, und ich erschrak jedes Mal und sagte dann: »Hallo, ich bin's«, während mein Bruder mich anschaute, um zu sehen, ob alles okay war. Ob ich okay war. Ob es Probleme gab.

»Wie läuft es in der Schule? Wie geht es deinem Bruder?«

»Gut. Dem geht's gut. Er ist hier. Ich geb ihn dir mal.«

Wenn mein Bruder dann den Hörer nahm, warf ich die restlichen Zwanzig-Cent-Münzen ein und hörte, wie sie durch den Schlitz in das metallene Innere des Telefons fielen.

Ab da verflog die Zeit sehr schnell. Die Zeit raste, das Telefon begann zu piepen, und wir sagten: »Wir müssen aufhören«, und verabschiedeten uns. Dad sagte: »Ich rede einfach weiter, bis die Verbindung unterbrochen wird, ja?«

Manchmal fühlte sich das ewig an, und manchmal war die Zeit im Nu herum, und dann war er weg, abgeschnitten, und nur noch mein Bruder und ich waren da, standen in der Telefonzelle mit dem Telefon, das piepte, weil die Verbindung unterbrochen worden war.

Dad war nicht mehr da. Er war weit weg, und wir lebten jetzt auf einer Insel. Wir hängten den Hörer ein, öffneten die Tür und gingen zusammen nach Hause, schweigend.

DER WEISSE LIEFERWAGEN

Ich winkte Peter zum Abschied, und wir gingen von Bord der Fähre.

»Bis morgen«, sagte er.

Das Holz des Stegs war glitschig von grünem Schleim. Es verrottete allmählich, und wir mussten aufpassen. Ich wusste nicht, was ich tun würde, wenn ich ins Wasser fiel, wenn mein Bruder ins Wasser fiel. Manchmal lagen riesige orangene Seesterne unten auf dem Betongrund. Seesterne, größer als mein Kopf. Aber meistens sah man nicht mehr als die trübe Oberfläche, schaute dem Schmodder und Abfall zu, der darin trieb, schmeckte den fauligen Geruch auf der Zunge.

Das Wasser am Kai konnte sich nie selbst reinigen.

Mein Bruder fragte, ob wir am Boat Park vorbeigehen könnten, aber ich wollte einfach nur so schnell wie möglich nach Hause und nicht den Umweg um die Landzunge herum machen. Ich sagte ihm, er könne allein gehen.

»Du bist doch alt genug, oder?«

Er antwortete nicht. Er schaute auf den Boden, und ich ging los. Ich lief schnell und schaute erst, ob er mir gefolgt war, als ich Kellys Treppe erreicht hatte. Mein Bruder war nicht da. Wahrscheinlich war er schon im Park und spielte auf dem hölzernen Piratenschiff, kletterte an den Tauen hoch und rutschte auf der metallenen Rutschbahn.

Ich schleppte mich die kalten, ausgetretenen Stufen hoch und marschierte die Kelly Street entlang. Auf der Francis Street ging ich langsamer. Ich hielt nach Blumen Ausschau, die ich pflücken könnte – Blumen, die über die Zäune oder zwischen den Zaunlatten hindurchlugten. Nur Blumen, die sich auf den Bürgersteig hinausneigten – auf öffentliches Gelände. Trotzdem passte ich auf, dass mich niemand sah. Ich guckte die Straße hoch und runter, bevor ich eine Blume pflückte. Lavendel, weiße Gänseblümchen, eine gelbe Rose. Ich ließ mir Zeit, stellte einen kleinen Strauß zusammen und hielt ihn fest in der Hand.

Die Sonne ging bereits unter, schlüpfte hinter den Berg, und als ich in die Mona Street bog, sah ich meinen Bruder an unserem Gartentor stehen. Irgendetwas stimmte nicht, das sah ich ihm an. Ein weißer Lieferwagen röhrte auf uns zu, und mein Bruder begann meinen Namen zu schreien.

Ich rannte, ohne recht zu wissen, warum, aber alles in mir sagte nur: RENN! Ich zog den Schlüssel aus der Tasche und versuchte die Haustür rasch aufzuschließen, aber der Schlüssel ging nicht richtig rein, meine Finger waren taub und zitterten und waren zu nichts zu gebrauchen, und der weiße Lieferwagen bremste ab, als er an unserem Haus vorbeifuhr. Es war wie im Film, wie in Zeitlupe. Ich sah das Gesicht von dem Mann, dem Fahrer. Er schaute uns direkt an, die kleinen Augen zusammengekniffen, und dann glitt der Schlüssel endlich ins Schloss, und die Tür ging auf. Der Lieferwagen beschleunigte und fuhr mit quietschenden Reifen um die Ecke.

Wir stürzten ins Haus und knallten die rote Tür hinter

uns zu. Zusammen standen wir im dunklen Flur, an die Tür gelehnt. Ich atmete schwer. Ich schaute auf meine Hände. Die Blumen hatte ich unterwegs wohl fallen lassen. Mein Bruder erzählte mir, ein Mann sei gekommen und neben ihm hergegangen und habe ihn gefragt, ob er mit ihm angeln gehen wolle.

»Ich habe nein danke gesagt, aber dann habe ich weiter vorn auf der Straße einen anderen Mann gesehen, der mich angeguckt hat. Er stand neben diesem Lieferwagen, und die Tür war auf.«

Mir wurde übel. Ich spürte etwas sehr Kaltes im Magen.

»Ich bin weggerannt«, sagte mein Bruder. »Ich bin nach Hause gerannt, aber ich habe dich nicht gefunden.«

Wir lehnten lange dort an der Tür. Ich weiß nicht, wie lange, aber ich wusste, dass wir beide nach diesem Lieferwagen horchten, dass wir von ihm träumen und aus dem Augenwinkel nach ihm Ausschau halten würden, solange wir in Battery Point wohnten.

In Battery Point, wo die Häuser alt und massiv wie Grabsteine waren und nie jemand auf der Straße oder in einem der Vorgärten war. Es war nie jemand draußen unterwegs. Nur mein Bruder und ich, und wir gingen schnell und schauten immer wieder hinter uns.

MS *Nella Dan*
2. Fahrt, Saison 1986/87
5. November 1986
Position: 66° 16.000' S, 110° 32.000' O
Anmerkung des Kapitäns: Der Stationsleiter von Casey ist an Bord gekommen, um die Expeditionsteilnehmer einzuweisen und letzte logistische Details vor Beginn der Nachversorgung zu besprechen. Die LARCs (Amphibienfahrzeuge) wurden zu Wasser gelassen, und das Entladen begann; die erste Charge verließ das Schiff um 10.20 Uhr. Die beiden wichtigsten Aktivitäten heute: die Stationierung der Meereswissenschaftler für ihren Sommereinsatz und der Beginn der Tankbefüllung heute Morgen. Die Pumpen laufen seit etwa sieben Stunden, und wir haben bisher rund 178 000 Liter umgefüllt.

Ein Vierzehnstundentag, und ich freue mich darauf, mich hinzusetzen und das selbstgebraute Bier auf der Station zu kosten. Meine Chance, an Land zu gehen – nach Casey – Antarktis. Den Kontinent zu betreten, ein Teil von ihm zu sein.

Ich ziehe mich an, leihe mir Stiefel aus. Meine Thermounterwäsche ist eng und kratzt, und mir wird warm, während ich mit Rettungsweste, Mütze und dicken Handschuhen im Laderaum warte. Aber ich freue mich auf den Abend, auf die Übergabe der Station, die Party. Die Überwinterer gehen, und die Neuen kommen.

»Das ist hier wichtiger als Weihnachten«, hat Klaus mir erzählt. »Wichtiger als Silvester.«

Die Chance, runter aufs Wasser zu kommen, Pinguine aus der Nähe zu sehen, unter dem riesigen Himmel zu stehen, von Eis umgeben.

So, fertig.

Vor mir die Strickleiter, unten das LARC, fast voll, drei Mann passen noch drauf. Nur drei. Sören, Erik und ich.

»Trinkt nicht so viel!«, schreit Benny hinter mir. »Ich trage keinen die Leiter hoch, wenn er zu viel getrunken hat!«

Die Männer auf dem LARC kontern lachend: »Hey, wir sind noch jung, im Gegensatz zu dir!«

»Alter Mann auf dem Meer.«

Unsere Blicke treffen sich, und er lächelt, ich mag Benny. Immer glatt rasiert. Ein von Salz und Sonne und Kälte gegerbtes Gesicht – keiner von uns weiß, wie lange er schon auf See ist. Vielleicht schon immer. Er hat grüne Augen, die er gern schweifen lässt, sie bewegen sich wie Nebelschwaden über dem Wasser. Ein forschender Blick. Er sieht alles.

»Fertig?«, fragt er.

Er überprüft meine Rettungsweste und hält mich, als ich rückwärts über Bord steige. Mein großer Stiefel findet die erste Sprosse, und mein Gewicht lässt die Leiter nach außen schwingen.

»Genieß es.«

Benny hält mich immer noch mit seiner starken Hand an der Weste.

Diese Gelegenheit bietet sich vielleicht nie wieder.

Ich steige auf die nächste Sprosse. Die Leiter schlägt hart gegen den Schiffsrumpf. Ich halte mich fest, passe auf, dass meine Finger zwischen der Leiter und dem kalten Stahl nicht gequetscht werden. Das Schiff liegt nicht mehr so tief im Wasser, denn der größte Teil der schweren Fracht ist entladen und die Hälfte des Treibstoffs umgefüllt. Es ist weit bis nach unten. Ich umklammere die Taue. Steige hinab. Die Leiter bewegt sich. Das Schiff bewegt sich, das LARC unter mir bewegt sich. Ich bin fast unten.

»Hey!«

Über mir ragt ein Kopf heraus. Es ist einer der Schiffsjungen, Per. Er redet mit Benny, nur leise, und der Wind bläst jetzt stärker, aber ich verstehe trotzdem genug.

»Brauchen einen Koch … Treibstoffteam … Pause … 23 Uhr. Suppe. Brote.«

Benny schaut zu mir herunter, mit unbewegtem Gesicht. Meine Füße beginnen wieder nach oben zu steigen, Sprosse um Sprosse, Schritt für Schritt, bis ich oben bin. Ich lasse die Leiter los, richte mich auf, blicke nach unten. Die meisten Männer auf dem LARC schauen zu mir hoch. Ich winke ihnen zu. Sören und Erik winken zurück.

»Wir bringen dir ein Bier mit, wenn wir nicht alles selber trinken!«, ruft Sören, und weg sind sie. Das LARC hält aufs Land zu, auf die Casey Station. Ich höre Gesang, Gelächter, die Party hat schon begonnen. Die Geräusche wehen über das eiskalte Wasser herüber.

»Vielleicht kann dich einer der LARC-Fahrer später noch holen«, sagt Benny. Aber wir wissen beide, dass das nicht geschehen wird.

»Ein andermal«, sage ich.

Ein andermal.

Benny sagt nichts mehr. Er ist wieder still, sein Blick ist auf das LARC gerichtet, dessen Kielwasser als gerade, glänzende Linie aufs Land zeigt.

Ich trete aus der Stahlkammer und gehe in meinen schweren Stiefeln und der Rettungsweste zur Passagiermesse. Dort bleibe ich eine Weile stehen, ich weiß nicht, warum. Ich gehöre hier nicht hin, aber ich setze mich trotzdem auf einen der Stühle.

Das Schiff ist jetzt fast leer. Ein Geisterschiff. Ein paar Mann auf der Brücke, ein paar unten. Der Kapitän. Und Benny – unser Bootsmann. Ein paar Männer schlafen, ein paar sind auf Wache, einer liegt im Bett, weil eine Befestigungskette an der Fracht gerissen ist und seine Hand verletzt hat. Man hat ihm Schmerzmittel gegeben und Ruhe verordnet. Keiner weiß, ob die Hand gebrochen ist, aber Benny meint, es sei schlimm. Es habe geklungen, als wären die Knochen wie Glas zersprungen. Klaus hat dem Mann eine Packung Tiefkühlerbsen hochgeschickt, zum Kühlen. Zu etwas anderem seien tiefgefrorene Erbsen eh nicht zu gebrauchen. Er hasst Erbsen.

Es habe wohl damit zu tun, wie seine Mutter sie gekocht habe, matschig und fahl. Den Geschmack habe er nie vergessen – den Geruch zerkochter Erbsen, die auf seinem Teller kalt wurden.

Ein kleiner Junge, der abends dasaß und sich weigerte, seine Erbsen zu essen, sosehr seine Mutter ihn auch bekniete.

»Das erzähl ich deinem Vater, wenn er heimkommt«, hatte sie gesagt. Aber sein Vater war auf See, weit weg, vielleicht sogar auf diesem Schiff. Er war oft monatelang weg, und wenn er schließlich wiederkam, waren die Erbsen vergessen. Dann war seine Mutter einfach nur erleichtert. Sie waren alle einfach nur froh.

Draußen vor den Bullaugen ist es hell wie an einem klaren frühen Morgen.

Ich schaue auf die Wanduhr. Irgendwo auf dem Indischen Ozean ist sie stehengeblieben, um 6.24 Uhr. Ob morgens oder abends, weiß ich nicht, jedenfalls sagt Jens, der Chefingenieur, er habe nicht die leiseste Ahnung, wie er das Ding wieder zum Laufen bringen soll. Er hat es zweimal probiert. Neben der Uhr, wo er sich mit seinen öligen Maschinistenhänden abgestützt hat, als er sie von der Wand nahm, sind ein paar schwache Fingerabdrücke zu sehen.

»Ich habe keinen blassen Schimmer, wie ich diese verdammte Uhr in Gang bringen soll«, sagt er, zuckt die Achseln und geht. Er hat Besseres zu tun, wirklich Wichtiges zu reparieren – Maschinenteile, heiße, bewegliche Teile, die funktionieren müssen, damit das Schiff fährt. Jens hat keine Zeit, sich mit kaputten Uhren herumzuschlagen.

Ich weiß, dass ich einfach ins Bett gehen und ein paar Stunden schlafen sollte, ehe ich mich ans Broteschmieren mache. Mein Körper fühlt sich schwer an, schwankt ohne äußeres Zutun. Ich fühle mich desorientiert.

Ich lege den Kopf auf den Tisch. Die Damasttischtücher sind neu und sauber, ich rieche den gestärkten Stoff. Ich starre auf die Soßenflaschen im Holzständer – Tomatensoße, HP Sauce, Salz, Pfeffer, Senf. Diese Messe, in der schon so viele Expeditionsteilnehmer gesessen haben, Tag für Tag, Jahr für Jahr, Saison um Saison. Frühstück, Mittagessen, Abendessen, Puddings, Filmvorführungen, Schlummertrünke. Und dann wieder von vorn. Wieder und wieder. Der tägliche Speiseplan, getippt und realisiert. Eier und Schinken, Blutwurst, süße Stückchen, Kaffee/Tee,

Saft. Consommé, Pommes Frites, Lammkoteletts, Käse und Kräcker. Schweinebraten, Honigrübchen, Salat, Kohl und Butterbohnen, Kartoffelgratin, Biskuitkuchen, Apfelkuchen, eingemachtes Obst.

Die heiße, volle Kombüse, die kaputte Uhr an der Wand, der Kassettenrekorder, der aus den besten Kassetten Bandsalat macht, meine Haare, die immer nach Braten riechen, nach gebräunter Butter, nach salziger, knuspriger Schweineschwarte. Heute, nach all den Wochen, hatte ich einfach mal auf festen Boden treten und sagen wollen: *Ich bin hier*. Ein Koch nur, aber trotzdem hier.

Meine Augen fallen zu, mir ist warm in meiner Thermounterwäsche, der dicken Jacke, der Überhose und den Stiefeln, und ich weiß, wenn ich nicht sofort aufstehe, werde ich an Ort und Stelle einschlafen, den Kopf auf der Tischdecke, den unangenehm süßen Geruch der Tomatensoße in der Nase.

Steh auf.

Steh auf!

Ich zwinge mich, aufzustehen, mich in Bewegung zu setzen, einen Fuß vor den anderen, die schweren Stiefel poltern, meine Überkleidung raschelt, als ich die Treppe zum »Sumpf« hinuntergehe, zu meiner Kabine. Hinein – dort ist es dunkel, behaglich, meine gewaschenen Socken hängen an der Wäscheleine. Ich ziehe die Rettungsweste aus, sitze mit meinem Reisewecker in der Hand da. Es ist zwanzig nach sieben. Wenn ich um zehn aufstehe, bleibt mir genug Zeit.

Ich lege mich in meine Koje, das Gesicht nach unten. Ich schließe die Augen.

Morgen früh werden die Expeditionsteilnehmer sagen:

»Danke für das Frühstück. Dänischer Frühstücksspeck ist einfach lecker!«, und ich werde nicken und lächeln und sagen: »Danke. Vielen Dank. Einen schönen Tag.« Ich werde aufräumen und mit den Vorbereitungen fürs Mittagessen beginnen, und bald, wenn der Treibstoff umgefüllt ist, wird die *Nella* wieder ablegen, wird Casey hinter sich lassen, aus dem Hafen hinaus- und an der kleinen Insel vorbeifahren, die voll mit diesen unglaublichen Seevögeln ist. Durch das schmierige Bullauge über dem Spülbecken werde ich zusehen, wie sie entschwindet, und noch ehe ich das Geschirr fertig abgespült habe, wird sie nicht mehr zu sehen sein.

MS *Nella Dan*

2. Fahrt, Saison 1986/87

7. November 1986

Position: 66° 16.000' S, 110° 32.000' O

Anmerkung des Kapitäns: Tankbefüllung geht weiter. Wetter stabil.

Eis glitzert in der Sonne
Wie Diamanten – wie Juwelen, Tausende davon funkeln im Weiß
Dahinter – das blaue dunkle Wasser
Darüber – der blaue helle Himmel
Und draußen in der Bucht – das Rot meines Schiffs
Rot vor dem Meer, vor dem Himmel
Rot vor dem Eis
Rot, dort draußen, es ruft mich
Bleib nicht zu lange fort.

Ich setze mich auf eine verschlissene Couch und trinke meinen Kaffee. Er ist nicht besonders gut, Milch und zu viel Zucker, aber das ist mir egal. Jemand hat ihn für mich gemacht, und das reicht mir. Ich werde ihn trinken. Ich werde ihn genießen, hier in diesem Raum. Casey – Antarktis.

Antarktis. Drinnen, mit Blick nach draußen.

Benny ist nach dem Frühstück zu mir gekommen und hat gesagt, ich könne rüberfahren, mir die Station anschauen. »Für ein paar Stunden.« Meine Entschädigung, weil ich die Party verpasst habe.

Mir gegenüber schlafen zwei Männer in ihren Sesseln, aufgeschlagene Zeitschriften im Schoß. Der eine schnarcht leise. Er hat einen dichten roten Bart, obwohl sein langes Kopfhaar braun ist. Ein eindrucksvoller Bart. Der Bart eines Überwinterers – Ertrag eines langen kalten Jahres. Mein Vater ist auch manchmal mit so einem Bart nach Hause gekommen, struppig und fremd, und nachdem er so lange weg gewesen war, erkannte ich ihn erst nicht. Ich betrachtete ihn von ferne, musterte ihn von der Tür aus. Fragte mich, wer dieser Fremde war, der mich so gut kannte. War das wirklich er? Mein Vater, mit demselben braunen Haar wie ich, aber auf seinem Gesicht ein eindeutig roter Bart. Leuchtend rot – wie Feuer. Leuchtend rot – wie Flammen.

Ich berühre mein Gesicht, spüre die Bartstoppeln auf meinem Kinn. So ein Bart, ein so dichter, wächst mir nicht. Mein Bart würde mir das Gesicht in der Kälte nicht warm halten. Ich muss mich nur einmal in der Woche rasieren, und das ist auf See durchaus etwas wert.

Ich schaue auf den Stapel Zeitschriften, die auf dem Beistelltisch neben den schlafenden Männern liegen. Ich würde gern in eine hineinschauen, ein paar alte Neuigkeiten aus der weiten Welt lesen, aber ich bleibe sitzen. Ich möchte niemanden aufwecken. Sie haben hart gearbeitet, ihre Hände sind noch schmutzig von der Nachversorgung. Also sitze ich einfach da. Lasse alles auf mich wirken. Ich trinke diesen eigenartigen Kaffee. Ich schaue mich um.

Der Raum wirkt bewohnt. Voller Leben.

Abends drängen sich hier die Männer, finden kaum Platz.

Einige stehen am Billardtisch, andere an der Bar. Es gibt Gelächter und Streit, Freude und Sehnsucht. Der profane Alltag, er hängt in diesem Raum. All die Jahre – in den Ecken, an den Wänden, in den verblichenen Teppich getreten.

Das Echo von Männern.

Die Sonne scheint mir ins Gesicht. Mein Blick folgt den Sonnenstrahlen zu der quadratischen Fensterscheibe. Dort draußen in der Helle sehe ich einen großen Hügel aus Felsen. Braun inmitten all des Weiß. Braun, die Farbe der Erde, hier völlig fehl am Platz. Ein Felsenreich inmitten von Schnee und Eis.

In meinem Innern regt sich etwas, erwacht schmerzend zum Leben – wie eine Erinnerung. Vertraut. Real. Ich stehe auf, trete näher ans Fenster. Wende den Blick nicht von dem Hügel ab. Ein Hügel aus Felsen. Ein Hügel aus Stein.

Etwas fällt auf den Boden, eine Zeitschrift, und der Mann mit dem roten Bart wacht auf. Er reckt die Arme, seine Augen sind erstaunlich grün und jung und groß. Er sieht mich an.

»Hallo«, sagt er.

»Hallo«, sage ich.

Er hebt die Zeitschrift auf und legt sie auf den Tisch. Dann reckt er sich erneut und steht auf.

Ich schaue wieder zum Fenster. »Was ist das da draußen?«, frage ich und deute auf den Hügel, die Felsen. Der Mann kommt näher, blinzelt im hellen Licht.

»Reeves Hill«, sagt er und blickt eine Weile mit mir zusammen hinaus auf diese Szenerie. Dann schaut er auf die Uhr.

»Zeit fürs Mittagessen«, sagt er.

Ich folge ihm durch den Tunnel in die Messe. Er sagt

mir, dass er Ben heißt. Er ist Maschinist und war die ganze Nacht auf, um die Treibstoffleitungen zu überwachen. Wir geben uns die Hand; er hat einen kräftigen Händedruck. Freundlich. Ich habe immer noch die Kaffeetasse in der anderen Hand, fast leer, aber den Rest kann ich nicht mehr trinken.

Die Messe ist voll, die meisten Leute essen schon. Sie ist nicht groß, aber es ist genug Platz für alle. Das Sommerteam sitzt zusammen. Ich winke ihnen zu – die meisten kenne ich von der Herfahrt beim Namen. Noch nicht ölverschmiert, noch nicht schwielig, noch nicht entspannt an diesem neuen Ort. Wie wird es sein, wenn die Dunkelheit kommt? Wenn die kalte Dunkelheit sich schwer auf diese kleinen Räume, diese dünnen Wände legt.

Ich habe plötzlich das Gefühl, die *Nella* sei weg, sei ohne mich abgefahren. Ich kann sie nicht sehen. Ich bin fern von ihr, bin zurückgelassen worden. Ich will rausrennen, nachschauen, ob sie noch in der Bucht liegt. Ich will zurück auf mein Schiff, mein Zuhause. Aber da ruft jemand meinen Namen. Ich schaue durch den Raum. Ein massiger, graubärtiger Mann. Der Stationsleiter. Er winkt mich zu sich, lädt mich an seinen Tisch ein. Und das Gefühl ist verflogen. Ich weiß, dass die Nachversorgung noch im Gang ist und die *Nella* dort draußen liegt. Mindestens noch ein halber Tag Arbeit. Sie wird mich nicht zurücklassen.

»Haben Sie sich ein bisschen umgeschaut?«, fragt er mich, und ich antworte: »Ja, danke. Hier drinnen habe ich mich umgeschaut.«

Er sitzt bei den Überwinterern. Eine verschworene Gemeinschaft. Sie sind fast daheim, ihre Zeit ist vorüber. Aber noch ist dies ihr Zuhause. Sie fühlen sich wohl – viele nur in Thermounterwäsche und Socken, ihre Augen glasig, die Wangen von der Sonne blutrot gebrannt, und sie essen mit Appetit. Rinderschmortopf mit Nudeln, frisches Gemüse, das so lange gefehlt hat. Obstsalat steht in großen Schüsseln bereit. Frisches Obst, schweigend gegessen – voller Andacht gegessen, frisches Obst.

Der Stationsleiter stupst mich an. »Wollen Sie nicht auch etwas essen?«, fragt er. Seine Augen sind dunkel und uralt und müde.

Ich tätschele meinen Bauch. »Nicht nötig, danke«, sage ich.

Er schaut mich an, wirkt jetzt ernst. »Sagen Sie Bescheid, wenn Sie zurückwollen.«

Ich nicke. »Danke.« Dann frage ich ihn nach den Felsen. Dem Hügel. Ich frage, ob ich ihn mir anschauen gehen kann. Ob ich hinausgehen kann.

Er kneift die Augen zusammen, scheint verwirrt. Vielleicht habe ich den Namen falsch ausgesprochen. »Reeves Hill?«

»Ich habe niemanden, der sie hinführen kann«, sagt er, doch dann hält er inne, als sähe er etwas in mir, in meinen Augen, etwas Drängendes, Brennendes.

»Wenn Sie sich in Acht nehmen, können Sie wohl auch allein gehen.«

Ich lächle. »Wäre schön, rauszukommen«, sage ich.

Er nickt. Nickt noch einmal. »Ja«, sagt er. »Gut. Folgen Sie der Straße um die Kurve und halten Sie dann nach dem Fußweg Ausschau. Weichen Sie nicht vom Weg ab. Derzeit schmilzt es überall. Sprünge im Eis, und darunter ganze Seen. Folgen Sie einfach der Straße und dann dem Fußweg, bis Sie bei den Felsen sind.«

»Okay«, sage ich, bin schon aufgestanden. Bin in Gedanken schon dort.

»Schreiben Sie Ihren Namen auf die Tafel. Und seien Sie in einer Stunde wieder zurück. Ich will nicht nach Ihnen suchen müssen.«

»Danke.« Ich schüttele seine Hand, renne fast aus der Messe hinaus. Ich versuche niemanden anzuschauen, damit keiner mich aufhält. Damit keiner sagt: »Tut mir leid, aber das geht nicht.« Doch dann sehe ich Ben, und er winkt. Er steht auf, hält mir eine Sonnenbrille hin.

»Nimm die mit«, sagt er.

Ich nehme sie.

Ich gehe durch den Tunnel Richtung Ausgang, Richtung Sonne. Ich schreibe meinen Namen auf die Tafel, *Bo – Nella Dan,* und in die Rubrik UHRZEIT schreibe ich *11.50,* mit weißer Kreide. Ich finde einen Kälteschutzanzug, zwänge mich hinein, ziehe die Reißverschlüsse zu. Es ist total heiß in dem Anzug, aber sobald ich die schwere Metalltür öffne, spüre ich die Kälte. Ich setze die Mütze auf, dann Bens Sonnenbrille, und plötzlich tut mir die Helligkeit nicht mehr in den Augen weh. Ich sehe alles ganz klar, das volle Spektrum. Die ganze Farbenpracht. Ein Hochgefühl erfasst mich.

Ich folge der Straße, und meine dicken Stiefel knirschen auf der losen gefrorenen Erde. Sommer. Minus ein Grad, aber die Sonne strahlt herunter und schmilzt alles an der Oberfläche, macht sie glatt, glitschig.

Die Geräusche der Nachversorgung sind überall zu hören – die Motoren der Lastwagen, die Kräne, das Beep-Beep-Beep rückwärtsfahrender Maschinen. Ein ganzer Maschinenpark ist rund um die Uhr am Werk, bis die

Nachversorgung abgeschlossen ist. Doch als ich mich dem Hügel nähere, die Straße entlanggehe, gewinnt die Stille allmählich die Oberhand. Ich spüre, wie sie sich über mich senkt, über alles, wie Doppelglas. Mein Atem ist laut, mein Herz hämmert in dieser kalten Stille.

Da ist der Felsenhügel, vor mir. Es ist nicht mehr weit.

Mein Fuß rutscht unter mir weg, und ich lande hart. Ich liege reglos auf dem Boden. Glatteis. Auf der Straße habe ich es nicht gesehen, aber jetzt sehe ich es. Ich spüre nach, ob etwas nicht stimmt, ob es irgendwo wehtut. Was würde passieren, wenn ich mir einen Knochen bräche? Wie lange würde ich warten müssen? Wie kalt würde es mir werden? Ich schaue zum blauen Himmel hoch, keine Wolken mehr, nur zarte Schleier von Grau und Rosa. Ich stehe langsam auf, atme durch. Ich bin nur außer Atem. Ich ermahne mich, langsamer zu gehen, aufzupassen.

Es gibt keinen Grund zur Eile, keinen Grund, die Saison vorzeitig zu beenden und nach Hause geschickt zu werden. Aber etwas in mir will rennen, will so schnell wie möglich zu dem Hügel gelangen. Als würde mich dort oben jemand erwarten, etwas Wichtiges, das ich verpassen könnte.

Ein Felsenhügel – ein Hügel, der aus Felsen besteht.

Die Straße endet.

Vor mir ein Streifen aus Eis, von dicken Kristallen bedeckt, hartem Schnee, der in dieser kalten Trockenheit nie schmilzt. Ich sehe Fußstapfen, wo schon andere gegangen sind, Spuren, denen ich folgen kann. Der Schnee ist tief und harsch, reicht mir bis zu den Knien, und das Gehen ist anstrengend. Pinguinspuren queren den Menschenpfad, kleine Füße, die sich mühelos über die Oberfläche des gefrorenen Weiß schieben. Kleine Füße, die watscheln, nicht stapfen. Kleine Füße, die tanzen, statt einzusinken wie meine schweren Füße.

Ich stapfe vorwärts, Schritt für Schritt, sinke ein. Ich gehe immer weiter, und als ich hochschaue, sehe ich es auch am Himmel und vor den Felsen weiß aufblitzen. Hier und da und dort, die Luft ist voll davon. Kleine reinweiße Vögel, hier am Ende der Welt. Schneesturmvögel. Ein Nistplatz.

Das Eis wird dünner. Die Felsen beginnen, wie eine Wüste, braun und trocken. Ich setze die Mütze ab, lasse die kalte Luft an meinen Kopf. Mir ist heiß, aber ich steige weiter. Ich sehe die Nester ringsum im Fels. In ihrem Innern geborgen, Schneesturmvogel-Junge. Geborgen und irgendwie auch gewärmt. Winzige Jungvögel, weiß und vollkommen. Ich achte darauf, ihnen nicht zu nahe zu kommen, sie nicht zu stören. Ich steige weiter hoch, von den Nestern weg, und als ich oben ankomme, tut sich ein überwältigender Ausblick vor mir auf. Die ganze tiefblaue Bucht, lautlos. Vollkommen. Die *Nella Dan* an ihrem Platz, ihr Rot vom Wasser gespiegelt. Der Himmel wolkenlos. Gewaltige weiße Kliffs, die sich endlos hinziehen, und am Horizont Eisberge, für die Ewigkeit aneinandergereiht, alles von Blau und Weiß beherrscht. Jedes Blau, das man sich nur denken kann – das überhaupt existiert. Eine Million Schattierungen von Blau und Weiß. Wie groß das alles ist im Vergleich zu mir, einem einzelnen Menschen, der hier steht. Nur ein Mensch, klein und atemlos.

Ich finde einen großen flachen Fels, setze mich hin, und meine Umgebung erfüllt mich ganz. Und sie kommen. Schneesturmvögel stoßen aus dem Himmel herab, kreisen über meinem Kopf.

Ich rühre mich nicht, lasse mich von ihnen umringen,

und bis auf das Geräusch der Flügel in der kalten Luft ist es still. Flügel aus schneeweißen Federn, diese vollkommenen Geschöpfe sind hier an diesem seltsamen Ort zu Hause. So weiß, dass sie zu verschwinden scheinen, wenn sie übers Eis fliegen, unsichtbar sind bis auf die kleinen schwarzen Augen, die herunterblicken, die spitzen schwarzen Schnäbel.

Papa – ich bin hier.

Eine Geschichte, vor langer Zeit erzählt. Aber ich erinnere mich daran. Wie mein Bett sich anfühlte, wie die Federn meines Kissens rochen. Die Stimme meines Vaters, tief und weit weg, die mich in ein Reich des Eises entführte.

Zu einem Hügel aus Felsen.

»Wenn man hinaufsteigt, diese Wanderung macht, kann man weit in die Ferne sehen. Man sieht die ganze Bucht und die Eisberge am Horizont. Eine riesige Stadt aus Eisbergen, so weit das Auge reicht.

Und wenn man ganz still dasitzt, wenn man geduldig wartet, dann kommen die kleinen Engel aus dem Himmel und fliegen um einen herum. Sie kommen so nah, dass man ihre Flügel fast am Gesicht spürt. Sie kommen herunter, um hallo zu sagen.«

»Sind das wirklich Engel, Papa?«

Er berührte meinen Kopf mit seiner warmen Hand. »Schlaf jetzt«, sagte er.

Ich schloss die Augen und träumte von fallendem Schnee, der sich in reinweiße Vögel verwandelte. Ich sah zu, wie eine Schneeflocke nach der anderen davonflog, und ich wünschte, ich hätte Flügel und könnte mitfliegen. Ich wünschte, ich könnte ihnen folgen.

Dieser Ort, lebendig und real. Genau wie er ihn mir beschrieben hatte. Genau wie er es damals sagte.

Und ich bin hier.

Papa, ich bin hier.

DIE SONNE AN DER WAND

Dort in dem dunklen Dachzimmer
Ein Lichtstrahl aus dem Luftschacht projizierte den Himmel
Ich sah mit großen Augen zu, wie an der Wand ein Stummfilm ablief
Die Wolken wanderten und wandelten sich, wie grauer Rauch, gewichtlos
Ein perfekter Lichtkreis erstrahlte – changierendes Gold
Und ich spürte es
Es war die Sonne
Sie ging auf – sie erschien
Die Nacht war vorbei.

EIN HAUS AUF DEM HÜGEL

»Hier werden wir glücklich sein«, sagte sie, und ich sagte ja.

Ein eigenes Zimmer in dem weißen Häuschen auf dem Hügel. Näher an der Sonne – am Licht. Oben in West Hobart, mit Blick auf die Stadt hinunter. Ein kleines Steinhaus, das ganz und gar uns gehörte, ohne Untermieter, nur wir – mein Bruder und ich und Mum und Molly, unsere neue Katze. Hintenraus ein Wintergarten mit einer Glaswand, die so viel Licht hereinließ, wie eben da war. Mum mietete ein Klavier, wir stellten es in den Wintergarten, und nach der Schule durfte ich darauf spielen. Wir hatten einen neuen, runden Tisch und vier Stühle, eine winzige Küche, einen kleinen Balkon, eine Treppe, die in einen gepflasterten Hof hinunterführte, und einen kleinen Rasen mit roten Rosen, und ich dachte: *Ja, hier werden wir glücklich sein.*

Wir würden auf eine neue Schule gehen. Eine Schule mit Uniformen, und alles wäre anders.

»Hier werden wir glücklich sein«, sagte sie.

Darlington Cottage.

Es hatte 53 000 Dollar gekostet, fast die gesamte Summe, die Mum gemäß dem Scheidungsurteil bekommen hatte. Aber es war trotzdem noch genug für ein Auto übrig. Ein *Auto* – das war echt was Besonderes, nachdem wir so lange keins gehabt hatten. Das Schulgeld wurde zum Teil durch ein Stipendium abgedeckt, der Rest musste irgendwo anders aufgetrieben werden. Und würde aufgetrieben werden.

Wir zogen ein.

Mum sagte, es sei ihr erstes eigenes Haus, und dabei strahlte sie. Mein Bruder und ich konnten es spüren – dass jetzt vielleicht wirklich alles anders werden würde.

Mein Zimmer war salbeigrün gestrichen, und neben dem Kamin war ein Einbauregal. Das Zimmer meines Bruders war blau gestrichen, und er hatte ein Stockbett. Er beschloss, auf dem oberen Bett zu schlafen.

Und er wollte seinen Geburtstag feiern – zum ersten Mal. Eine Geburtsagsfeier in einem Haus, das uns gehörte.

Es war unser Zuhause.

DER BERG

Mama fuhr uns mit dem neuen Auto auf den Berg. Bo war wieder da, und er passte nur mit Müh und Not auf den Beifahrersitz, obwohl mein Bruder und ich so klein waren, dass er den Sitz ganz nach hinten schieben konnte. Das Auto hatte nur zwei Türen. Man musste den Beifahrersitz vorklappen, um hinten ein- oder aussteigen zu können. Aber wir hatten in der ganzen Zeit, die wir in Hobart lebten, kein Auto gehabt, und ich fand es schön, die Straße unter uns zu spüren und aus dem Fenster zu schauen. Die Straße führte uns in großen Schleifen nach Fern Tree hinauf und dann auf eine steile, holprige Straße, wo der Wald sich immer mehr lichtete, bis es nur noch Gestrüpp und riesige Felsbrocken und den Himmel gab, der ganz klar war.

Als wir oben angelangt waren, parkte Mum den Wagen, und wir stiegen alle aus. Bo streckte die Beine. Er hüpfte auf und ab und klatschte in die Hände.

»Kalt hier oben«, sagte er.

Mein Bruder zog seine Strickmütze aus der Tasche und setzte sie auf. Ich machte den Reißverschluss meines Parkas zu und zog die Kapuze über den Kopf.

Ich war erst ein Mal oben auf dem Berg gewesen, mit der Schule, da waren wir von Fern Tree aus gelaufen. Es war eine lange Wanderung gewesen und sehr kalt. Wir mussten uns zum Schutz vor dem Wind hinter Felsen kauern und dort unser Mittagessen auf Spirituskochern zubereiten. Wir kochten Zwei-Minuten-Nudeln und aßen sie ganz schnell, und sie waren auch gut, aber alles hat ein bisschen nach Spiritus geschmeckt. Nach dem Essen war uns wärmer, und es fiel uns leichter, die restliche Strecke bis nach oben zu gehen.

Unser Sportlehrer, Mr Janik, erklärte uns, dass der Windchill-Effekt oben auf dem Berg selbst an einem sonnigen Tag die Temperatur um fünfzehn Grad senken und man sich in Nullkommanichts unterkühlen konnte.

»Die meiste Wärme verliert ihr über den Kopf«, sagte er. »Ihr müsst euren Kopf schützen.«

Ich fragte Bo, ob er eine Mütze dabeihabe, aber er sagte nein.

»Ich bin die Kälte gewohnt«, sagte er und zwinkerte mir zu.

Hinter dem Parkplatz lagen lauter flache, eckige Steine, wie ein Bürgersteig für Riesen, sie zogen sich hin, so weit man gucken konnte. Wir begannen auf ihnen entlangzulaufen, und von Nahem sah man, dass die Steine Spalten und Risse hatten, die so groß waren, dass Sträucher darin wurzeln konnten, und dass ihre Oberfläche von runden Flecken aus weißen und grauen Flechten bedeckt war. Die Sonne schien auf die Felsen, und das tat gut. Wir liefen über die Felsen und schauten vom Berg auf Hobart und den Fluss hinunter. Die Sicht war klar, ganz anders als an dem Tag, als ich mit der Schule hierhergekommen war. Da hatten wir nur Wolken gesehen, und der Wind war so stark gewesen, dass man sich hineinlehnen konnte, ohne umzufallen.

Mum und mein Bruder blieben nach ein paar Minuten

stehen und sagten, sie würden zum Auto zurückgehen, denn Mum war es kalt. Bo und ich gingen weiter. Er lief ganz mühelos auf den großen Steinen, und ich hielt mit. Ich hatte meine Wanderschuhe an. Bald wurden die Spalten so tief, dass wir hineinspringen konnten. Es war wie ein Felsenlabyrinth und windgeschützt. Ich bemerkte, dass Eidechsen auf den Steinen saßen – rostfarbene Skinke, die mit reglosen, weit offenen Augen versuchten, sich zu wärmen. Bo setzte sich in die Sonne und schaute hinter sich, auf den Berg.

»Hier kann man sich bestimmt leicht verirren«, sagte er.

»Ja«, sagte ich. Hier verirrten sich immer mal wieder Leute. Manchmal starben sie sogar.

Danach redeten wir eine Weile nicht mehr. Ich wollte ihn nach dem Schiff fragen, wo sie als Nächstes hinfahren würden und wie es so war. Aber mit Bo konnte man gut schweigen. Es war kein einsames Schweigen, und ich konnte gut nachdenken. Ich konnte über den Himmel nachdenken und über das Licht, und darüber, dass sich alles verändert. Ich konnte aufhören, mich selbst so festzuhalten.

»Du fängst also an einer neuen Schule an – und deine Mum geht auf die Universität«, sagte er.

Ich nickte.

»Ich weiß, dass sie sich sehr darauf freut«, sagte er.

Ich schaute auf die endlosen eckigen Formen, die von Millionen Jahren Wind und Regen rissig und ausgewaschen waren. Der Fels, auf dem ich saß, fühlte sich kalt unter meinen Händen an. Ich fragte mich, wie kalt die Felsen nachts wohl wurden, ob die Flechten darauf gefroren und was dann mit den Skinken geschah. Wo verkrochen sie sich nachts? Einige der Steine lagen im Schatten größerer Steine und bekamen die Sonne nie zu sehen. Sie waren im Schatten gefangen, in ihm verborgen. Wurden nie vom Licht getroffen.

»Wir sollten wohl zurückgehen«, sagte Bo und stand auf. Er nahm meine Hand und half mir hoch, und zusammen kletterten wir aus dem Labyrinth.

Als wir wieder auf den flachen Granitplatten angelangt waren, hatte sich der Wind gelegt, und es kam mir jetzt wirklich wärmer vor. Wir gingen langsam zum Auto, und ich konnte hier und da den Derwent River sehen, der die Sonne so grell reflektierte, dass ich die Augen zumachen musste. Das Wasser sah aus wie geschmolzenes Gold.

»Ich mag diesen Berg«, sagte Bo. »Dänemark ist sehr flach. Aber wir sind klein, und ringsum sind überall Berge. Die Länder ringsum sind riesige Gebirge, und wenn wir in die Berge wollen, müssen wir nicht sehr weit fahren. Wir nehmen einfach eine Fähre, und schon sind wir da – in den Bergen.«

Dann begann Bo schallend zu lachen, und ich musste auch lachen, obwohl ich gar nicht wusste, was so lustig war.

Auch ich mochte den Berg. Es war schön, hochzublicken und ihn zu sehen, falls er sich gerade sehen lassen wollte. Denn er konnte jederzeit weg sein, wenn ihm danach war – konnte völlig hinter dichten Wolken oder Nebel verschwinden und Hobart flacher, grauer machen. Und wenn der Berg wieder auftauchte, war er anders als zuvor. Verändert. Vielleicht von Schnee überzuckert oder einfach nur ein dunkler, grober Umriss – ein Gesicht aus langen Steinen. Aber manchmal war er auch golden von der Sonne – leuchtend unter einem weiten blauen Himmel. Kalt und klar und voller Licht, das in alle Richtungen strahlte.

DAS IST KAFFEE

»Wie kannst du dieses Zeug nur trinken?«

Meine Mum steckte Bo die Zunge heraus und sagte, ihr schmecke es. Sie gab einen gehäuften Teelöffel der trockenen braunen Körnchen in ihre kleine Teetasse.

Bo schüttelte den Kopf.

»Erst hast du keinen Schneebesen, und jetzt auch noch das!« Er lächelte, und seine Stimme war laut und fröhlich. Er winkte mich in die kleine Küche.

»Selbst ein Kind kann das erkennen«, sagte er. »Komm. Riech mal hier dran«, und er hielt mir die Dose mit »International Roast«-Pulverkaffee unter die Nase.

Ich sog den Geruch ein. Es roch nach Kaffee. Ich machte Mum fast jeden Morgen so einen Kaffee, und den restlichen Tag trank sie dann Tee.

»So«, sagte er. »Und jetzt riech mal hier dran!«

Er nahm ein Messer und schlitzte das rechteckige, glänzend rote Päckchen auf, das auf der Bank lag. Ich roch es schon, bevor er es mir hinhielt, ein kräftiger, erdiger, starker Geruch. Er erfüllte meinen Kopf, erfüllte den Raum. Mir wurde ganz schwindlig.

»*Das* ist Kaffee!«, sagte er.

Mum lächelte, goss heißes Wasser in ihre Tasse, gab ihren Süßstoff hinein, klick, klick.

»Das ist Kaffee!«, sagte Bo noch einmal, während er einen gehäuften Löffel davon in das Filterpapier gab, das er sorgsam in die Öffnung seiner schwarzen Thermoskanne gefaltet hatte. Er nahm den Kessel und goss das Wasser ganz langsam darauf.

»Bis dein Kaffee fertig ist, habe ich meinen längst getrunken«, sagte Mum.

Daraufhin stellte er den Kessel ab, schnappte sich ihre Tasse und leerte sie in den Ausguss. Mum fing an zu lachen. Sie hielt sich an Bo fest, sie sah klein aus neben ihm. Er legte den Arm um sie und neigte den Kopf zur Seite, sodass sein Kopf auf ihrem lag.

»Du hast ja nicht mal einen Schneebesen«, sagte er.

STACHELN IN MEINER HAUT

Ich fiel auf den Kaktus in unserem Garten.

Mein Bruder und ich spielten Kricket, nur wir beide. Ich warf, und er schlug, ich versuchte den Ball zu fangen, stolperte nach hinten und landete auf dem großen Kaktus in der Ecke des Gartens.

Mein Bein brannte, und als ich es mir anschaute, sah ich Hunderte von Kaktusstacheln in meiner Wade und meinem Knöchel stecken. Ich wollte ein paar mit den Fingerspitzen herausziehen, aber die Stacheln waren zu klein – zu fein. Sie sanken in meine Haut und verschwanden.

Mein Bruder kam angerannt und sagte, dass mein Bein jetzt vielleicht schwarz werden und abfallen würde, weil Kaktusse nämlich giftig seien. Das wisse er aus einer Fernsehsendung. Er half mir die Treppe zum Haus hinauf, und wir gingen hinein. Wir setzten uns aufs Sofa, und ich versuchte, Fernsehen zu gucken – mich zu konzentrieren. Mein Bruder guckte immer wieder auf mein Bein, um zu sehen, ob es schon schwarz wurde. Schwarz wurde es nicht, aber es war rot und geschwollen und tat sehr weh.

Nach etwa einer Stunde hörten wir den Schlüssel im Schloss, aber es war nicht Mum. Es war Bo. Er hatte Einkaufstüten in der Hand, und während er ins Wohnzimmer kam, sagte er uns, Mum sei noch in der Bibliothek und er werde für uns Abendessen kochen.

»Sie hat sich am Bein wehgetan«, sagte mein Bruder.

Ich saß im Bad auf dem Rand der Badewanne.

Es war der schönste Raum im Haus, unser Bad. Der wärmste und hellste. Es gehörte eigentlich nicht richtig zum Haus, denn es war ein Anbau, so wie die Küche und der Wintergarten. Es war nicht aus Stein. Im Bad kam man sich vor wie im Haus von jemand anderem.

Bo kam mit dem Kessel, einem gelben Eimer und einer Schachtel Kamillentee ins Bad. Den Kamillentee hatte er ganz hinten im Küchenschrank gefunden. Die Schachtel war staubig. Vorne war ein Bild mit weißen Blumen drauf. Bo nahm die Teebeutel heraus und riss sie auf, sodass der Tee lose herausfiel. Er sah aus wie Spreu oder gehäckseltes Stroh. Und er roch auch so. Wie Pferdefutter oder Viehfutter. Wie nasse Luzerne.

»Wenn ich mir früher einen Splitter eingerissen habe, hat meine Großmutter meinen Finger immer in Kamillentee eingeweicht«, sagte er. »Der zieht den Splitter raus.«

Als die heiße Flüssigkeit genügend abgekühlt war, sagte er, ich solle das Bein in den Eimer stellen. Er fragte, ob es okay so sei, und ich sagte ja. Das warme Wasser tat gut.

»Auf dem Schiff passieren jede Menge kleine Unfälle«, sagte er. »Ich bin gut im Leute-Verarzten.«

Bo blieb bei mir im Bad. Er setzte sich auf die Bank neben dem Waschbecken, die Sonne fiel durchs Fenster und durchs Oberlicht herein, und die Holzverkleidung hielt die Wärme. Ich wurde schläfrig. Am liebsten hätte ich die Augen zugemacht.

Bo begann von zu Hause zu erzählen, von früher, den hellen langen Sommern, in denen er nie hatte schlafen wollen, obwohl es ja reichlich Licht gab. Aber er wollte keine Sekunde Sonne verpassen.

»Ich habe mich Tag und Nacht wach gehalten«, sagte er. »Ich wollte das Licht aufsaugen. Aber ohne Schlaf habe ich es natürlich nicht geschafft. Ich habe mich oft in einer der kleinen Buchten bei uns in der Nähe in den Sand gelegt oder bin mit unserem kleinen Ruderboot, das am Ufer lag, rausgefahren. Diese kleinen Buchten waren so ruhig – ruhig und sonnig und hell –, dass ich wider Willen eingeschlafen bin. Ich bin einfach eingeschlafen und habe vom Licht geträumt.« Bo lächelte. »Das war meine Heimat.«

Ich versuchte mir diesen Ort vorzustellen, eine kleine Insel, wo es den ganzen Sommer hell war, und ich wusste, dass mir das sehr gefallen würde. Im Licht zu sein. Das würde mir gefallen.

Die Mixtur im Eimer war inzwischen fast kalt, und Bo sagte, ich könne das Bein jetzt herausnehmen, es sei lange genug drin gewesen. Er kniete sich auf den Boden, reichte mir ein Handtuch, und ich wischte mein Bein vorsichtig damit ab. Er war so groß, dass er sich hinkauern musste, obwohl ich mein Bein ganz hochstreckte. Mit Mums Pinzette zog er einen Stachel nach dem anderen heraus. Ganz langsam und vorsichtig. Bei einigen blutete es, als er sie rauszog. Ich bemühte mich, nicht hinzuschauen.

Als er ganz unten am Bein angelangt war, hielt er meinen Fuß hoch und berührte die Narbe über dem Knöchel. Sie war zackig und weiß und zog die Haut nach innen, sodass eine kleine Delle entstand.

»Wo hast du die denn her?«, fragte er.

»Ich hatte einen Unfall.«

Er nickte. Er fragte nicht weiter nach. Er fragte nicht, und ich erzählte ihm nicht, dass Dad mich früher oft auf den Tank seines Motorrads gesetzt hatte und dass ich einmal, als wir ans hintere Ende der Farm fuhren, runterrutschte und mein Bein an einem Teil vom Motorrad hängenblieb – irgendeinem beweglichen Teil, das ich nicht sehen konnte. Aber ich spürte es, spürte, wie es mein Bein aufriss. Ich schrie, Dad solle anhalten, aber er konnte mich nicht hören, zumindest hielt er erst an, als wir oben angekommen waren, auf dem Hügel hinter der Farm. Inzwischen war ein ringförmiges Stück aus meiner Wade gerissen, und das Blut rann mir in den Schuh.

Dad sagte mir, ich solle Mum nicht erzählen, dass das beim Motorradfahren passiert sei. Ich solle ihr einfach erzählen, dass ich mir das Bein am Zaun aufgerissen oder im Schotter aufgeschürft hätte. Ich weiß nicht mehr, wie ich in das dunkle, verklinkerte Farmhaus zurückgelangte, aber als Mum mit meinem Bruder nach Hause kam, war mein Bein verbunden, und ich musste nicht mal lügen, denn Dad sagte: »Sie hat sich am Bein verletzt, aber es ist alles in Ordnung.« Mum schaute sich den Verband gar nicht an. Sie ging einfach in die Küche und begann, Abendessen zu kochen.

»Stell dir vor, die Narbe wäre ein Bild, das du magst«, sagte Bo. »Wie eine Tätowierung. Irgendein Bild. Es ist auf dein Bein gemalt worden, und nur du kannst es sehen. Nur du kannst vor dir sehen, was für ein Bild es ist.«

Ich schaute lange hin und strengte mich sehr an, um

nicht zu heulen, denn ich konnte kein Bild vor mir sehen. Ich konnte gar nichts sehen.

»Das muss sehr wehgetan haben«, sagte Bo.

»Ja«, erwiderte ich.

Als es meinem Bein wieder besserging, fragte Bo: »Sollen wir den Kaktus töten?« Er hatte ein großes Messer dabei, eines seiner scharfen Messer vom Schiff.

Wir gingen die kleine Treppe in den Garten hinunter.

»Fang du an«, sagte er und hielt mir das Messer hin, aber ich nahm es nicht.

Mit einem Hieb zerteilte er den Kaktus. Und dann noch einmal und noch einmal.

Er tötete den Kaktus, hackte ihn in lauter kleine Stücke. Und später, als er gegangen war, rammte ich das spitze Ende von einem der Kricketstumps immer wieder in die Erde, bis ich sicher war, dass jede Wurzel, jede Faser des Kaktus weg war, damit er nie wieder nachwuchs.

VÖGEL RUFEN DEN MORGEN HERBEI

Vögel rufen den Morgen herbei
Ich spüre, wie es sich von mir hebt, das Gewicht der Dunkelheit
Es ist ein neuer Tag.

»Das Licht nimmt jeden Tag zu«, sagte Bo.

Ich schaute aus dem Wintergarten in den violetten Himmel, und es war so eine Erleichterung, es zu sehen – das Licht. Den anbrechenden Tag.

Ich saß ganz nah bei Bo; am Tisch, ohne ihn zu berühren. Ich wollte ihm sagen, dass ich Angst vor der Dunkelheit hatte. Ich wollte es ihm sagen, aber ich blieb stumm.

Wir waren still.

»Ja, das Licht bleibt jeden Tag länger«, sagte er. »Morgens eine Minute, abends eine Minute.«

Volle Minuten, zwei pro Tag.

Zwei Minuten und zwei Minuten und zwei Minuten, bis die Vögel morgens um vier anfangen zu singen und ich mit ihnen erwache.

Ich dachte an früher, an meinen Bruder und mich in dem kleinen Dachzimmer. Manchmal wusste ich nicht, ob ich wach war oder schlief, wir lagen im Dunkeln, und mein Bruder fragte mich, ob es Morgen oder Nacht war.

Ich wusste es nicht, aber ich war nicht mutig genug, um aufzustehen und hinter die dicken Vorhänge zu schauen. Es war immer so kalt – die Luft, das Zimmer. Die Nacht, die uns beide niederdrückte.

Ich horchte dann und wartete, horchte, ob ich Vögel im Garten hörte. Ich spitzte die Ohren, versuchte, sie in der Stille auszumachen, und irgendwann kamen sie – ein leiser Ruf. Eine Welle erfasste mich. *Alles ist gut – der Morgen kommt. Wir sind in Sicherheit.*

Mein Bruder und ich standen auf, verließen das kleine Dachzimmer, nachdem wir ganz viel angezogen hatten, um uns warm zu halten, und gingen hinunter in die Küche. Wir setzten uns an den runden grünen Tisch, der dem meiner Großmutter glich, aber nicht ihrer war.

Wir warteten darauf, dass Mum aufwachte.

Bo wandte mir den Blick zu, aber ich konnte ihm nicht in die Augen schauen. Ich konnte ihm die ganze Angst, die in mir steckte, nicht zeigen. Also guckte ich weiter aus dem Fenster, in den Morgen, den Tag. Und er begann zu reden. Er erzählte mir vom Meer.

»Wenn wir auf dem Wasser Richtung Süden unterwegs sind, verliere ich den Sonnenaufgang irgendwann aus dem Blick. Erst sage ich mir: *Ja! Ich werde mir jeden Sonnenaufgang anschauen. Jeden einzelnen.* Aber dann, nach fünf Tagen oder zehn, je nachdem, wie schnell wir vorankommen und wie weit im Süden wir schon sind, taucht die Sonne plötzlich auf, wenn ich noch nicht so weit bin. Ich wache morgens um drei auf, und sie ist bereits da. Dann fühle ich mich betrogen. Und ich komme mir faul vor und denke: *Wie konnte ich sie nur verpassen?*

Aber nach ein paar Wochen verselbständigt sich die Zeit

vollkommen. Wir arbeiten einfach nur, und die *Nella* fährt und fährt. Manchmal ist die Sonne immer da. Manchmal ruht sie sich kurz aus, ein paar Stunden. Die Tage auf See werden zu einem einzigen riesenlangen Tag. Es gibt nur noch die täglichen Verrichtungen. Einfache Verrichtungen. Schlafen. Kaffee kochen. Die Bratpfannen sauber machen. Zucker nachfüllen. Das Lamm auftauen. Suppe kochen. Die Eier zubereiten – Spiegelei, Rührei, pochiertes Ei. Dann schlafen und wieder Verrichtungen. Schlafen und Verrichtungen.

Mein Kopf stellt das Denken ein, das Sichsorgen. Ich *bin* einfach nur noch. Ich bin einfach da. Einfach ein Mann. Der arbeitet. Teil des Schiffs. Teil dieser Form von Familie. Ich habe keine Zeit, mir Sorgen zu machen.«

Jetzt schaue ich Bo an, sein ruhiges Gesicht, während er vom Leben auf dem Schiff erzählt. Ich schaue seine Augen an, grau und blau und bewegt, als wäre Wasser darin.

Das alles, was er mir da erzählte, wollte ich auch – mehr als irgendetwas anderes.

WIE SONNENSCHEIN

Mein Bruder beobachtete Leo.

Beobachtete, wie die großen, mehlbedeckten Hände den klebrigen Teig zu langen, schmalen Streifen ausrollte. Leo formte den Teig zu kleinen Kreisen, die er mit Vanillecreme füllte. Er machte auch größere Gebäckstücke, solche, bei denen der Teig zu Schnecken gewickelt wurde. Dann spritzte er die Vanillecreme hinein, ganz schnell und präzise, und ich roch den süßen Mandelgeruch – die vom Eigelb glänzend gelbe Vanillecreme.

Als ich zu dem großen Mann aufblickte, zu Leo, wirkte er wie ferngesteuert. Er hätte genauso gut die Augen schließen können, denn seine Hände wussten von selbst, was sie zu tun hatten. Sie waren irgendwie von ihm unabhängig, arbeiteten stetig, ein-, zwei-, dreimal gewickelt, Schnitt. Ein-, zwei-, dreimal gewickelt, Schnitt.

Als die Stückchen fertig waren, erinnerten sie an Kronen wie die von mächtigen Herrschern. Magische süße Schnecken. Mandelflocken, Marzipan, noch mehr Vanillecreme, Ei zum Bestreichen.

Leo nahm das volle Blech und schob es auf eine der oberen Schienen im Ofen. Sogar hier, auf der anderen Seite der Kombüse, spürte ich die Hitze im Gesicht. Er nahm ein anderes Blech heraus, ein heißes – das Gebäck darauf war golden, wie von der Sonne geküsst, die Vanillecreme schlug Blasen. Er stellte es auf die Arbeitsplatte aus Edelstahl, schaute meinen Bruder an und zwinkerte.

»Jetzt wird gekostet!«, sagte er.

Mein Bruder strahlte übers ganze Gesicht. Er ging ein paar Schritte auf die Arbeitsplatte zu, zaghaft, ich dagegen blieb, wo ich war. Ich verfolgte, wie Leo zwei Gebäckstücke halbierte. Die Vanillecremefüllung bewegte sich wie Lava – langsam und dickflüssig – und quoll aufs Blech. Leo legte zwei Hälften auf einen kleinen Teller und schob ihn zu uns hinüber. Ich wusste, dass mein Bruder auf den Teller starrte, seine kleinen Hände um die Kante der Arbeitsplatte geklammert, aber ich löste den Blick nicht von Leo. Ich beobachtete sein Gesicht, sah, wie er auf sein Gebäck hinunterschaute – auf sein Werk. Zufrieden. Er atmete tief ein, nahm eine der Hälften und biss hinein.

Seine Augen schlossen sich. Er kaute, kaute, schluckte. Dann wischte er sich mit der Hand den Mund ab und sagte ein Wort, ganz leise – ein Wort, das ich nicht kannte, ein dänisches Wort: *solskin*, und als er die Augen wieder aufmachte, sah er mich direkt an.

»Sonnenschein«, sagte er. »Wie Sonnenschein.«

Mein Bruder blickte mich an, die Hand schon nach dem Teller ausgestreckt. Ich trat näher.

Dieser erste Bissen. Knusprige, butterige Blättchen, die hervorquellende noch warme, süße Vanillecreme – scharfes Marzipan und Mandeln. Die Eier, der Zucker, das Geräusch des krossen Gebäcks – von großen Händen geschaffen. Mit Sorgfalt und Geschick. Fürs Frühstück – um den Tag zu beginnen – die Sonne zu begrüßen. Eine magische Gebäckschnecke.

Das Licht, das durch das Bullauge hereinfiel, erfüllte die ganze Kombüse mit Gelb. Ich sog es ein.

EINE TÜTE GEMISCHTE LOLLIS

Der Wind blies eisig, als ich auf halbem Weg vom Laden nach Hause war. Ich hatte bis dahin gar nichts um mich herum wahrgenommen – bis mir der kalte Wind das Gesicht wund rieb. Ich konnte an nichts anderes denken als an die weiße Papiertüte mit gemischten Lollis, die ich in der Hand hielt.

Sie waren für meinen Bruder.

Er hatte in seiner Schuluniform auf dem Boden gesessen, den einen grauen Strumpf bis zum Knie hochgezogen, den anderen schlaff um den Knöchel geringelt, als Mum hereinkam, in Tränen ausbrach und uns von Tom Balinski erzählte. Dass er auf dem Heimweg nach der Schule überfahren worden war.

Dass er tot war.

Er weinte nicht, mein Bruder. Ich sah ihn nicht weinen. Ich sah bloß, wie sein Körper erbebte – nur ein Erschauern, als wäre irgendetwas sehr Kleines in seinem Knochengerüst in sich zusammengefallen.

Der Unfall kam in den Nachrichten. Blinkende Lichter, die von einer zu Boden gefallenen Schultasche reflektiert wurden; ein Wappen mit einer Waratah und dem lateinischen Spruch *Kein Mensch ist eine Insel* leuchtete im Dunkeln auf. Was der Mann im Fernsehen sagte, stimmte nicht, denn er behauptete, es sei ein Schüler von der Highschool gewesen, der überfahren worden und auf dem Weg ins Krankenhaus seinen Verletzungen erlegen sei. Aber es war kein Schüler von der Highschool. Es war ein kleiner Junge.

Ein kleiner Junge wie mein Bruder.

Tom war drei Tage zuvor noch auf der Geburtstagsfeier von meinem Bruder gewesen. Er war wie ein Engel mit seinem weißen Haar und seinen blauen Augen – und dieser blassen Haut. Nicht durchscheinend wie meine, einfach sahnig blass. Er schenkte meinem Bruder ein riesiges Federmäppchen. Es war bunt gestreift, und ich weiß, dass es meinem Bruder sehr gefiel, denn er trug es noch lange nach der Geburtstagsfeier mit sich herum, als alle längst gegangen waren. Und dann steckte er sorgfältig alle seine Stifte und seinen Füller hinein und packte es in seine Schultasche, die schon für den nächsten Tag bereitstand. Montag. Dann kam der Dienstag und dann der Mittwoch.

Der Tag, an dem Tom Balinski starb.

Ich saß im Bus und sah Tom und meinen Bruder zusammen durchs Schultor kommen. Mein Bruder stieg in den Bus ein, er winkte Tom zu, und Tom winkte zurück – seine Haare leuchteten vor dem grauen Himmel, über der grauen Schuluniform. Ich weiß noch, dass es gerade anfing zu regnen, als der Bus losfuhr.

Als ich vom Laden zurückkam, lag mein Bruder auf der Couch. Er war im Schlafanzug und hatte das Federbett über den Beinen liegen. Molly, unsere Katze, saß auf ihm, aber als ich näher kam, sprang sie herunter und rannte fort. Molly mochte mich nicht sonderlich. Ich sagte meinem Bruder, dass ich ihm ein paar Lollis besorgt hätte, und hielt ihm die Tüte hin. Offenbar hatte ich sie auf dem Heimweg unablässig zwischen den Fingern gedreht, denn sie war oben ganz schmuddelig und zerknittert. Mein Bruder nahm die Tüte. Er hielt sie eine Weile in der Hand, dann stellte er sie neben sich auf die Couch. Ich sagte ihm, es sei nichts mit Lakritz dabei.

»Danke«, sagte er.

Am nächsten Tag in der Schule sagte mein Lehrer, Mr Peters, wir müssten uns heute nicht an den Stundenplan halten, wir dürften uns aussuchen, was wir tun wollten. Er fragte, ob er uns vielleicht etwas vorlesen solle, und wir sagten alle ja. Das war immer der beste Teil des Tages, wenn Mr Peters uns vorlas. Er las aus einem Buch, das er selbst geschrieben hatte, es handelte von ein paar Kindern, die ein Tor in eine andere Zeit gefunden hatten. Ich erinnere mich nicht mehr an den Titel des Buchs und auch nicht an die Namen der Figuren, aber ich weiß noch, dass ich es sehr spannend fand.

Ich hörte der Geschichte zu – Mr Peters' weicher, leise dahinfließenden Stimme. Ich schaute aus dem Fenster und beobachtete den Himmel, die ziehenden Wolken. Ich sah, wie die Klasse von meinem Bruder geschlossen auf den Rasen hinausging. Die meisten hielten sich an den Händen.

Ihre Lehrerin war Mrs Davison, sie war groß, hatte lange blonde Haare, und ich fand, dass sie sehr schön war. Ich wusste, dass mein Bruder sie total mochte. Ich glaube, alle Kinder mochten sie. Sie sah aus wie eine Schäferin mit ihrer Herde. Sie *war* eine Schäferin – die Kinder scharten sich um sie, ganz nah, unter einer der alten Rosskastanien, wo sie in der Pause oft spielten. Sie setzten sich alle hin. Mrs Davison hatte einen Stapel Blätter in der Hand.

Mr Peters hörte auf vorzulesen. Er legte das Buch weg, doch ich schaute weiter aus dem Fenster. Auch als die anderen Kinder sich dann Textarbeiten zuwandten, saß ich einfach nur da und schaute aus dem Fenster. Die Klasse von meinem Bruder blieb den ganzen Tag da draußen unter der Kastanie. Sie aßen zusammen zu Mittag, und am späten Nachmittag gingen sie wieder in ihr Klassenzimmer zurück, von Mrs Davison angeführt.

Sie hielten sich wieder alle an der Hand.

ER HIESS TOM

Der Priester nannte ihn Tomas, aber mein Bruder nannte ihn Tom. Er war Tom, und sie hatten eine gemeinsame Sprache, die allen anderen verschlossen blieb. Ich hörte sie oft von meinem Zimmer aus lachen. Leises Gekicher, kleine Geschichten über Dinge, von denen ich nichts wusste.

Der Sarg war klein und weiß, und die Leute standen einer nach dem anderen auf und legten Blumen darauf. Es waren so viele Blumen, dass einige herunterfielen und liegen blieben, als der Sarg aus der Kirche getragen wurde.

Mein Bruder saß reglos da, und Mum weinte, und ich spürte, wie die Kälte vom Steinboden meine Beine hinaufkroch. Mein Körper war im Begriff, einzuschlafen – zu Stein zu werden wie der Boden, die Mauern. Die Dunkelheit nahte.

Nach der Trauerfeier stand mein Bruder mit ein paar Klassenkameraden zusammen, und Toms Mutter redete mit ihnen. Ich konnte nicht hören, was sie sagte, aber ihr Blick war weich. Er schien von Frieden erfüllt – von einer Art Liebe. Sie berührte die Locken meines Bruders mit der Hand und lächelte.

Dann ging sie in die Hocke, zog ihn an sich, schloss ihn in die Arme. Sie hielt ihn ganz fest, und sein Körper war schlaff und steif zugleich. Ihre Lippen bewegten sich, als sänge sie meinem Bruder ins Ohr. Als betete sie. Es schien ewig so zu gehen. Und irgendwann entspannte sich mein Bruder, er streckte die Arme hoch und legte sie um ihren Hals. Erwiderte die Umarmung.

Als sie meinen Bruder losließ, war ihr Gesicht verschwollen, und ihre Augen waren halb geschlossen. Sie richtete sich auf, berührte noch ein letztes Mal seine Haare und wandte sich dann ab.

Mum sagte, wir sollten uns ins Auto setzen, sie sei gleich wieder da. Wir hatten die Schuluniform an und sollten am Nachmittag eigentlich wieder in die Schule, aber ich hoffte, dass wir doch nicht hinmussten. Es war schon ziemlich spät, und ich fand, mein Bruder sollte heute nicht in die Schule müssen.

Fein angezogene Menschen im Anzug oder Kleid und mit Hut gingen zu ihren Autos. Ich sah die Direktorin unserer neuen Schule vorbeikommen. Sie hatte eine Hochfrisur. So trug sie die Haare immer – in einer Hochfrisur, wie meine Großmutter.

»Sie tut mir einfach leid«, sagte mein Bruder.

»Wer?«, fragte ich, aber er antwortete nicht. Er saß da und guckte auf den Boden. Die Kirchenglocken läuteten, mehrstimmig – ein einfacher Akkord, immer wieder.

»Hoffentlich müssen wir nicht noch mal in die Schule«, sagte ich.

Mein Bruder zuckte mit den Achseln. Ich sah Mum aus der Kirche kommen. Sie wischte sich die Nase mit einem weißen Papiertaschentuch ab und schob es sich dann in den Ärmel ihrer Strickjacke. Sie hatte immer ein Taschentuch im Ärmel stecken, für alle Fälle.

»Sie tut mir einfach leid«, sagte mein Bruder noch einmal

und sah mich an – sah mir direkt in die Augen. »Wir sind nicht tot, aber Tom schon, und sie wird ihn nie wiedersehen.«

Die Kirchenglocken läuteten immer weiter.

SCHNEETAG

Eine Woche nach der Beerdigung schneite es. Ich roch es, noch ehe ich die Augen aufmachte. Schnee im Blumenkasten, dicht, massiv. So viel, dass das halbe Schlafzimmerfenster verdeckt war.

Er war wirklich da.

Am Abend zuvor, kurz bevor wir ins Bett gehen mussten, hatte es leicht zu schneien begonnen, aber Mum hatte gesagt, der Schnee würde nicht liegen bleiben.

»Morgen früh ist er weggeschmolzen«, sagte sie. »Es ist ja schon fast Sommer!«

Es war wirklich fast Sommer. November. Der Abend eines normalen Schultags.

Wir standen zusammen hinten auf der Terrasse und spürten, wie der Schnee auf unserer Haut schmolz und unser Haar feucht machte. Es war ganz still. Eine Decke aus Stille über allem.

Ich lag im Dunkeln im Bett und horchte. Versuchte zu hören, wie der Schnee da draußen fiel, unser Auto bedeckte und die Rinnsteine füllte, die roten Rosen weiß überzuckerte. Und während ich horchte, schlief ich ein – mit dem innigen Wunsch, es möge stärker schneien, damit all das Grau verdeckt wurde. Sodass diese alten Straßen schließlich weiß und sauber und neu sein würden.

Die Schule fiel aus.

Wir spielten den ganzen Tag draußen auf der Straße mit Kindern, die wir nicht kannten, noch nie gesehen hatten, und West Hobart war so schön wie noch nie. So hell.

Ein Mann sauste auf Skiern die Hill Street hinunter. Ich sah, wie er verschwand, und hoffte, dass er wusste, wie man bremst. Es fuhren weder Autos noch Busse. Überall waren Kinder, die schrien, rannten, herumrutschten, Schneebälle warfen und hofften, der Schnee würde wochenlang liegen bleiben.

Doch bis zum Abend war er zu Matsch geworden, dreckig und verbraucht. Und am nächsten Morgen waren nur noch hier und da in den tiefen runden Rinnsteinen, wo die Sonne nicht hingelangte, kleine Flecken überfrorenen Schnees.

Der ganze Zauber war dahin.

Am darauffolgenden Tag fuhren wir in die Schule, in der grauen Schuluniform, die keine Wärme spendete, und mein Bruder war wieder still. Still und verloren, irgendwo, wo er nicht nachdenken musste.

Ich konnte ihm nicht helfen.

MS *Nella Dan*

2. Fahrt, Saison 1986/87

10. November 1986

Position: 63° 52.000' S, 119° 55.000' O

Anmerkung des Kapitäns: Fahren durch Wasserrinnen im Packeis. Gelegentlich kleine Eisberge. Rechnen mit starkem Wind gegen 14 Uhr.

Wir spüren, wie die *Nella* gegen das Eis kracht, dieser erste heftige Ruck, und Sören ruft: »Eeeeeeelch! Eeeeeeelch!«

Erik erwidert den Ruf. Er rennt zu Sören, springt hoch, und sie prallen gemäß dem üblichen Ritual mit dem Brustkorb gegeneinander. Wums. Wums. »Eeeeeeelch!«

Ich schrubbe Töpfe, die Mittagsschicht ist gleich vorbei. Unsere eine freie Stunde am Tag. Die *Nella* hebt sich, rutscht mit einem Kreischen über das Eis. Durch den Druck, den das Schiff auf das Eis ausübt, entstehen darunter Wellen, sie bäumen sich und bocken und schlagen aus. Die *Nella* stampft, als wären wir auf dem offenen Meer, dann stabilisiert sie sich – fährt weiter. Stetig. Fünf Knoten, langsam, aber stetig.

»Zeit für einen Kaffee«, sagt Sören, und ich sage »Okay« und trockne mir die Hände ab, das war der letzte Topf. Ich hole unsere Thermoskanne hervor – angeschlagen und zerkratzt und am Boden verbeult, weil sie so oft heruntergefallen ist. Ich schraube den Deckel auf.

Sören sagt, dass wir die gefrorene Rinderhälfte aus dem

Kühlraum holen sollten, ehe wir es vergessen, und ich nicke. Ich schaue ihn an. Unsere Arme heben sich gleichzeitig. Eins, zwei, drei – Schere, Stein, Papier.

Sören nimmt als Erstes immer Stein. Jedes Mal. Ich weiß nicht, warum, aber dadurch ist er natürlich leicht zu schlagen. Ich nehme Papier. Er steht da und schaut auf meine offene Hand. Papier.

»Wer zweimal gewinnt, okay?«, fragt er. Das fragt er immer.

Eins, zwei, drei.

Diesmal nimmt er Papier. Und ich Schere. Eine Entscheidung im allerletzten Moment. Schere. Zwei Finger. Er schüttelt den Kopf, richtig betrübt, und geht auf die Metalltreppe zu. Doch dann bleibt er noch mal stehen und dreht sich zu mir um.

»Ich habe dich gewinnen lassen«, sagt er.

»Klar«, sage ich. »Klar.«

Ich fülle eine Portion Kaffeepulver ein. Der Geruch dringt in meinen Kopf, in meinen Magen – ich freue mich darauf, auf frischen Kaffee. Vielleicht setze ich mich in die rote Sitznische und lese die gedruckten Nachrichten aus der Heimat. Vielleicht schaue ich auch einfach nur hinaus aufs Eis, in diese Welt, die da draußen an uns vorüberzieht.

Ich sehe, wie Sören die ersten paar Stufen zum Kühlraum hinuntergeht. Die *Nella* wird langsamer, ihr kleiner Rumpf vibriert, sie presst sich gegen das dicke Eis. Dann bewegt sie sich mit einem Ruck vorwärts und krängt nach Backbord. Ich stütze mich an der Arbeitsplatte ab. Der ganze Berg gespülter Töpfe fällt auf den Boden. Die Thermoskanne kippt um, das Kaffeepulver verteilt sich über den Edelstahl. Ich höre lautes Scheppern in der Messe, zerbrochene Teller, zerspringende Gläser, weiß der Himmel, was noch alles kaputtgegangen ist.

Ich spüre, wie die *Nella* sich wieder aufrichtet, sich zurückzieht – ihre Maschinen heulen auf. Ich gehe zum Treppenhaus.

»Sören?«, sage ich.

Ein Fuß.

Ein Bein.

Ein Mann, der auf dem kurzen Stück zwischen dem Ende der Metalltreppe und der Kühlraumtür auf dem Bauch liegt. Die Arme vor sich ausgestreckt, den Kopf zur Seite gedreht.

Ich mache den Mund auf, rufe seinen Namen. Ich schreie um Hilfe, und meine Stimme hallt im Treppenhaus wider. Ich schaue auf meine Hände, sie zittern, sind fleckig vom Kaffee. Die *Nella* pflügt weiter bebend durchs Eis. Fährt einfach weiter.

Ich renne die Treppe hinunter, ergreife Sörens Hand. Sie ist warm, seine Haut ist noch warm, aber ich fühle keinen Puls. Seine Augen sind offen. Sie starren an die Wand.

Ich höre Rufe, Schritte auf der Metalltreppe. Ich sehe Gesichter, ernste Gesichter. Jemand zieht mich hoch, zieht mich aus dem Weg. Ich lehne mich an die Kühlraumtür. An meinen Schuhen und meiner Hose ist Blut. Ich muss darin gekniet haben.

Dort auf dem Boden, eine Blutlache.

Der Bootsmann mir gegenüber. Wir sitzen beide in der roten Nische. Ich weiß nicht, wie ich hierhergelangt bin. Ich weiß nicht, seit wann ich hier sitze.

»Es ist nichts zu machen«, sagt er. »Er ist tot.«

Ich nicke. Schaue ins Leere.

»Willst du dich nicht waschen und umziehen?«, fragt er, aber ich sage ihm, dass ich lieber bleiben möchte.

Wir sitzen da.

»Ein schrecklicher Unfall«, sagt er. »Einfach schrecklich.«

Irgendjemand bringt einen Leichensack. Immer wieder kommen Besatzungsmitglieder, die davon erfahren haben, in die Kombüse. Niemand kann es fassen. Es ist so unwirklich. Es kann nicht stimmen.

Klaus kommt herüber.

»Kein großes Abendessen heute«, sagt er. »Ich stelle Suppe und ein paar belegte Brote raus.«

»Ja«, sage ich, »die Suppe ist fertig.« Nach dem Frühstück habe ich eine Blumenkohlsuppe gekocht.

Er klopft mir auf die Schulter, das hat er noch nie getan. Wie ein Vater. Oder wie ein Bruder.

Wir legen Sören in den Leichensack und bringen ihn ins Kühlhaus. Keiner sagt etwas. Ich denke andauernd, *gleich wacht er auf und sagt: »Ha! Reingelegt.«* Aber als der Kapitän ihm die Augen zudrückt, wird irgendetwas in meinem Innern furchtbar kalt.

Jemand reicht mir ein Glas Whisky, und ich kippe es. Dann noch eins. Und noch eins. In jener Nacht, als wir im Gang den Sturm abwetterten, da hat er zu mir gesagt: »Ich weiß, dass es meine Bestimmung ist, hier auf diesem Schiff zu sein.«

Darauf tranken wir. Auf all seine Pläne. Auf die Antarktis und was wir alles sehen würden. Auf die Bar, die er eröffnen, all die Abenteuer, die er noch erleben würde.

»Auf uns«, sagte er, und wir kippten unseren Whisky, den ich bitter fand, aber um der Gemeinschaft willen trank.

Um dabei zu sein. Dieses Gefühl. Er gab einem ein Gefühl von Freiheit.

»Was haben wir für ein Glück«, sagte er. »Du und ich! Herrgott!«

Ich sitze mit sauberen Kleidern in meiner Kabine. Ich weiß nicht, wo die Sachen sind, die ich vorher anhatte. Das Eis draußen ist jetzt richtig hart – dicke, fest zusammengebackene Platten.

Hätte ich ihn bei Schere, Stein, Papier doch nur gewinnen lassen. Dann würde ich jetzt meinen Kaffee trinken, die Nachrichten von daheim lesen, und Sören würde mich nerven – er würde nonstop reden, wie er es immer getan hat, mich nach diesem und jenem fragen. Er würde über seine Kamera reden, über die Fotos, die er gestern gemacht hat, und über die Fotos, die er morgen machen wird. Über die Rolling Stones. Über Pink Floyd. Über die Sterne und die Götter und was ihm sonst noch so alles durch den Kopf ging. Und ich weiß, dass die Stille von Sörens ausbleibendem Geplapper schrecklich sein wird. Das einsamste Geräusch überhaupt.

MS *Nella Dan*
2. Fahrt, Saison 1986/87
11. November 1986
Position: 63° 26.000' S, 120° 5.000' O
Anmerkung des Kapitäns: Packeis in alle Richtungen. In der Ferne Eisberge. Wir fahren weiterhin mit geringer Geschwindigkeit.

Der Kapitän stellt mir eine Tasse schwarzen Kaffee hin, und ich nehme sie.

»Ich weiß, dass Sie in der Nähe waren«, sagt er.

Ich erzähle ihm, was passiert ist. Alles – ich erzähle von dem tiefgefrorenen Rindfleisch, der Kaffeepause, dem ins Eis krängenden Schiff.

So sitzen wir da – ich trinke meinen Kaffee und er seinen. Hier oben ist es viel ruhiger als unten, der Maschinenlärm ist gedämpft. Hier oben, in der Höhe, riecht es nicht nach Diesel oder bratendem Fleisch. Es riecht nicht nach Kohl. Das Bullauge ist leicht geöffnet, und die frische Luft tut gut – kalt, sauber, lebendig.

»Es tut mir sehr leid«, sagt er.

Ich nicke. Der Moment verstreicht. Ich trinke meinen Kaffee aus.

»Ich kannte Ihren Vater, wissen Sie«, sagt er. »Ich war damals noch jung, Schiffsjunge.«

Ich schaue ihn an. Sein Haar ist nach hinten angeklatscht, sein Gesicht ruhig. Ich denke an meinen Vater, wie er zu

Hause in der Sonne saß und seine Pfeife rauchte. Die Augen geschlossen, das Gesicht friedlich – im Radio lief klassische Musik, und er war mit den Gedanken weit weg, an einem für mich unerreichbaren Ort. In Gedanken immer auf See.

»Manchmal habe ich das Gefühl, dass ich ihn gar nicht richtig kannte«, sage ich. Ich blicke auf das Schott, dann zu Boden. »Er hat mich auf dieses Schiff hier mitgenommen, als es vom Stapel lief. Ich glaube, ich war damals zwei. Wir fuhren von Aalborg nach Kopenhagen. Ich erinnere mich nicht wirklich daran, aber es war so. Ich habe ein Foto davon. Meine Großmutter kam auch mit. Sie wurde furchtbar seekrank, schon im Hafen.«

Ich lächle. Oder beginne zu lächeln. »Sie war nicht seefähig«, sage ich. ›Nicht seefest‹, wollte ich eigentlich sagen, aber ›nicht seefähig‹ stimmt ja irgendwie auch, also lasse ich es so stehen.

»Müssen Sie jemanden anrufen?«, fragt er. »Zu Hause?«

Ich sitze da. Versuche nachzudenken.

»Nein, ich muss niemanden anrufen«, sage ich dann.

»Okay.« Er trinkt seinen Kaffee aus. Stellt die Tasse auf den Tisch. Ich stehe auf. »Danke«, sage ich. Er gibt mir die Hand, legt die andere fest darüber.

»Ich möchte, dass die Kombüsenbesatzung heute Abend freimacht, und morgen gibt es dann nur ein leichtes Frühstück. Morgen ist Ruhetag, bis auf die unerlässlichen Pflichten. Und Sie können jederzeit zu mir kommen.«

Ich nicke, leicht benommen, blinzele. Ich verlasse den Raum, gehe durch den Gang. Nehme die Treppe hinunter zu dem Deck, wo die Expeditionsteilnehmer schlafen, gehe durch einen weiteren Gang, die eine Hand am Schott, die andere auf den Magen gepresst. Ich öffne die schwere Tür nach draußen, und die kalte Luft strömt mir ins Gesicht. Ich trete hinaus in grelle Licht.

Inseln von Weiß, so weit das Auge reicht, das Wasser dazwischen fast schwarz, aber da, wo sich die *Nella* ihren Weg durchs Eis bricht, ist das Wasser türkisblau verwirbelt.

Stetig, stetig fahren wir mit halber Geschwindigkeit weiter, und als ich aufblicke, sehe ich über mir einen Kapsturmvogel, der mit uns mitfliegt. Kleine Kurven, kleine Flügel. Ich strecke den Arm hoch, strecke die Finger. Ich recke mich nach ihm, und einen Moment lang kommt der Vogel so nah, dass ich ihn fast berühren kann. Ich sehe seine Augen, sein winziges Gesicht. Er schaut mich an, dann lässt er sich von der Thermik nach oben tragen. Höher und höher, mit voller Geschwindigkeit, bis ich ihn im Licht nicht mehr sehe.

Meine Augen sind übervoll.

Wo hört das Land auf, wo beginnt das Meer?

Das fragte er mich mal an unserem kleinen Strand.

Ich war noch sehr klein, ich weiß nicht mehr, wie alt, aber ich erinnere mich, dass ich ans Wasser hinunterrannte, mit dem Finger eine Linie in den Sand zog und rief: »Hier, Papa! Hier!«

Mein Vater lächelte und nickte, und wir liefen zusammen weiter, schweigend. Er lief gern, wenn er von der See zurück war. Er genoss es, geradeaus zu laufen, immer weiter, ohne irgendwann zum Anhalten gezwungen zu sein. Wir liefen oft stundenlang, so kam es mir vor, an Bahngleisen entlang, über Felder, durch kleine Sträßchen, ich immer einen Schritt hintendran. Bemüht, mit seinen langen Beinen mitzuhalten.

Ich folge dir.

Als wir zum Strand zurückkamen, war meine Linie verschwunden – vom auflaufenden Wasser geschluckt. Alles war anders, die Landschaft verwandelt.

Mein Vater wandte sich zu mir um und sagte: »Das Meer ist lebendig, es kennt keinen Anfang und kein Ende. Es bewegt sich mit dem Mond und mit der Erddrehung, und es ruft uns, wenn es will, dass wir kommen.«

In jener Nacht lag ich im Bett, zog die Decke fest um mich, und in der Dunkelheit wiederholte ich im Kopf immer wieder: *Ruf mich nicht. Ruf mich nicht, denn ich will nicht gehen.*

MS *Nella Dan*

2. Fahrt, Saison 1986/87

12. November 1986

Position: 63° 26.000' S, 120° 5.000' O

Anmerkung des Kapitäns: Wir befinden uns seit sechs Stunden in schwerem Eis, das von einer dicken Schneeschicht bedeckt ist. Es ist nirgends offenes Wasser in Sicht, nur zugefrorene Wasserrinnen. Der Erste Offizier ist am Steuer, aber wir kommen in keiner Richtung mehr als wenige Meter voran.

Ich wache auf und sehe Eriks Gesicht über mir, verschwommen. Die eine Seite meines Kopfes schmerzt.

»Bo?«, sagt er. »Bo, es ist schon acht.«

Ich springe auf. Ich spüre meinen leeren Magen.

»Wir stecken fest«, sagt er und deutet auf das Bullauge.

Ich begreife nicht, was er sagt. Ich kneife die Augen zusammen, versuche scharf zu sehen. Draußen eine weiße Landschaft – nichts als Weiß. Wir bewegen uns nicht.

»Ich muss zurück«, sagt er. »Die Expeditionsteilnehmer haben Hunger.«

Ich stehe da, verängstigt. Wie kann es sein, dass ich nicht aufgewacht bin? Ich wache immer auf, wenn der Klang der Maschinen sich verändert. Das tun wir alle. Immer.

Das Geräusch der Maschinen ist das beste Schlafmittel. Ihr gleichmäßiges Brummen überdeckt alle anderen Geräusche. Wenn man die Maschinen hört, weiß man, dass alles in Ordnung ist – alles ist gut. Man ist in Sicherheit. Man kann schlafen. Aber selbst wenn wir einfach nur langsamer werden oder ein kleines bisschen schneller fahren – sobald der Klang der Maschinen sich verändert, wache ich auf.

In der vergangenen Nacht habe ich geschlafen wie ein Toter.

Ich war tot.

Und wir sitzen fest.

MS *Nella Dan*

2. Fahrt, Saison 1986/87

18. Dezember 1986

Position: 63° 26.000' S, 120° 5.000' O

Anmerkung des Kapitäns: Das Schiff ist von Eis umgeben. Dichtes Packeis in allen Richtungen. Eisberge in der Ferne.

Vier Wochen. Fünf Wochen.

Wir sitzen immer noch fest.

Die Arbeit geht weiter.

Wir haben Nahrungsmittel – jede Menge Nahrungsmittel. Es würde viele Monate dauern, sie aufzubrauchen, allerdings geht uns das frische Gemüse aus. Wir machen jetzt Salat aus geriebenen Karotten und Zitronensaft. Nur Karotten. Keiner will sie essen.

Es ist zwölf Wochen her, dass wir Hobart verlassen haben. Eine halbe Ewigkeit.

Die Überwinterer müssen schon so lange ohne frisches Obst, frisches Gemüse auskommen. Sie fragen mich, ob wir Bananen haben. So hoffnungsvoll fragen sie.

»Nein«, sage ich. »Tut mir leid.«

Ich frage sie, ob ich irgendetwas für sie zubereiten kann, irgendwas Besonderes, aber sie schütteln den Kopf.

»Ich muss dauernd an Bananen denken.«

Im Vorratsraum: Kohlköpfe, Grapefruit, Blumenkohl, Karotten, Kartoffeln. Im Kühlraum genug Fleisch und sonstige Vorräte.

Im Tiefkühlraum ein Leichensack, an dem wir jeden Tag vorbeimüssen.

Uns sind doch tatsächlich die Zwiebeln ausgegangen.

Ich sitze auf meiner Koje, blinzele in das Licht, das durch das kleine runde Bullauge hereinströmt. Die Sonne ist gnadenlos. Sie lässt mich nicht in Ruhe – lässt mich nicht ruhen. Die Nacht kommt einfach nicht.

Die Arbeit geht weiter – Frühstück, Mittagessen, Abendessen –, nur fehlt uns ein Mann, wir sind einer weniger. Heute Mittag habe ich die Hand auf die Kochplatte gelegt.

Klaus hat mich gepackt, mich geschüttelt.

»Spinnst du?«, hat er geschrien, aber dann wurde er milder. Er schickte mich zum Arzt und danach, mit verbundener Hand, in die Kabine. Er sagte, ich solle mich ausruhen.

Ich weiß nicht, warum ich das getan habe. Vielleicht wollte ich sehen, ob ich noch etwas fühle. Ich weiß es nicht. Ich war nicht wirklich da.

Draußen scheint die Sonne herunter. Die Sonne ist Gott.

Ich sehe Bewegung, Schatten. Ich stelle mich näher an die Scheibe und sehe draußen vor dem Bullauge kleine Gestalten, die sich auf dem Eis bewegen. Männer im Kälteschutzanzug, blau, gelb, wedelnde Arme, wirbelnde Beine. Ein schwarzweißer Ball fliegt durch die Luft.

Ein Fußballspiel.

Ich nehme die Kamera von meinem Schreibtisch – Sörens Kamera. Ich frage mich, was wohl auf der Filmrolle in ihrem Innern ist. Was für Fotos hat er gemacht? Ich richte die Linse auf das Bullauge, schaue durch den Sucher. Ein perfekter Lichtkreis im Dunkel meiner Kabine. Ich drücke auf den Auslöser.

Was für ein seltsamer Anblick. Ein Fußballspiel auf dem Eis. Ein Fußballspiel neben einem roten Schiff mitten im gefrorenen Ozean.

Ich lege die Kamera wieder auf den Tisch. Betrachte meine verbundene Hand. Ich verspüre den Drang, zu rennen. Ich ziehe meine Schneestiefel an, meine warme Jacke und Handschuhe. Dann verlasse ich meine Kabine, gehe nach oben und hinaus zu der Leiter am Frachtraum. Ich steige sie hinunter – die Sprossen hinab, bis auf das dicke Eis, das uns hier festhält. Meter um Meter hartgefrorenen Wassers.

Ich nähere mich dem Spiel, dem Geächze und Geschrei. Dem Gelächter. Mein Atem kondensiert zu weißen Wölkchen, die Luft an meinem Gesicht ist kalt. Ein paar Besatzungsmitglieder spielen. Ich sehe Carsten, den Zweiten Offizier, er winkt mich herüber.

Ich renne los.

Meine Füße bewegen sich, und ich renne weiter. Ich laufe dem Ball nach, bis mir der Schweiß den Rücken hinabrinnt. Ich verfehle den Ball und rutsche aus, schlittere über das Eis. Der Ball flutscht mir weg, aber ich komme schnell wieder auf die Füße und erreiche ihn als Erster. Ich hämmere den Ball mit aller Kraft aufs Tor – ein satter Schuss. Ein Glückstreffer.

Jemand packt mich von hinten, brüllt: »Tooor!« Er versucht mich hochzuheben, aber wir fallen beide hin, schlagen auf das knirschende nasse Eis.

»Herrgott«, sagt er, und einen Moment lang denke ich, es ist Sören. Sören, der »Herrgott«, sagt, wie er das immer tat. Sören, der lacht wie ein Irrer, mit diesem Funkeln in den blauen Augen. Aber das Licht ist jetzt weniger hell und das

Gesicht vor mir erkennbar. Graue Augen, rundes Gesicht. Es ist Carsten.

»Tor!«, ruft er noch einmal. »Sieg!« Er reckt ein paarmal die Faust in die Luft und hilft mir auf.

»Die Dänen schlägt keiner«, sagt er.

Nur drei von uns sind Dänen, und keiner zählt die Treffer, aber es tut gut, ein Tor zu schießen, zu spüren, wie mein Herz pocht, mein Blut pulsiert, wie meine Lunge die kalte Luft mühelos aufnimmt. Es tut gut, zu spielen.

Wir rennen bis zur Erschöpfung, rutschen und schlittern herum, bis unsere Hosen durchweicht sind. Wir rennen, bis uns fast schlecht ist und wir keine Luft mehr bekommen.

Schlagartig wird mir bewusst, wie wunderbar diese Gegend ist. Das Eis – die Sonne, die hoch am Himmel steht – Tag und Nacht. Und ich bin hier auf dem Eis, in diesem Wunderland.

Ich habe wirklich Glück. Und ich will leben.

Wir klettern einer nach dem anderen die Leiter hoch, durch einen schwarzweißen Ball miteinander vereint. Ein Team. Für einen Tag haben wir die Frustration des Feststeckens besiegt. Ein guter Tag.

Ich sage den anderen, dass ich uns Kognak und heiße Schokolade organisieren werde. In der Kombüse treffe ich Klaus, dem ich sage, dass es mir gutgeht, dass ich wieder arbeiten kann, aber er schüttelt den Kopf. Er sagt, das Abendessen sei bereits zubereitet und ich solle was trinken gehen, den Tag, den Abend, die Nacht freinehmen.

»Nimm dir frei.« Er zwinkert mir zu, aber seine Stimme ist streng. Es ist ein Befehl.

Ich setze mich in die Passagier-Lounge, wo ich mich

noch nie länger aufgehalten habe. Wir lassen eine Flasche Weinbrand kreisen, trinken aus Kaffeetassen. Eine Flasche Whisky, eine Flasche Wodka, eine Flasche Kognak. Ich weiß nicht, wo all die Flaschen herkommen. Einer hat auch eine Flasche Portwein, aber davon lasse ich die Finger. Zu süß. Zu klebrig. Den rühre ich nicht an.

Ich gehe hinunter zur Toilette, und auf dem Rückweg beschließe ich, ein paar Bier mit hochzunehmen. Eine kleine Spende meinerseits. Unten in unserer Bar, dem Frozen Inn, ist niemand, es ist noch zu früh. Ich trage es in die Liste ein: *Bo, 24 Carlsberg.*

Wir haben fast kein Bier mehr. Morgen oder übermorgen wird es aus sein. Ich werde diese letzten Biere genießen. Sie richtig auskosten.

Als ich mit dem Kasten voll grüner Flaschen die Treppe hochkomme, sind alle dankbar. Kaltes Bier ist jetzt genau das Richtige. Einer der Wissenschaftler sagt: »Gott sei Dank ist das kein Aquavit, sonst lägen wir schon unterm Tisch.«

Stimmt. Ich habe Passagiere erlebt, die nach ein paar Gläsern nicht mehr laufen konnten. Sie scheinen wohlauf, aber dann kommen sie nicht mehr vom Stuhl hoch. Ihre Beine funktionieren nicht mehr.

Die Sonne steht hoch am Himmel, ist noch bei uns hier oben – hoch oben in der Passagier-Lounge.

Ein Mann namens John holt eine Gitarre hervor, und er ist gut, er kann spielen. Seine langen, dünnen Finger schlagen die Saiten kraftvoll an, und er hat eine gute Stimme. Ich kenne nur einige der Lieder, aber die anderen fangen an, die Refrains mitzusingen, laut und falsch, und es ist unmöglich, nicht mit einzustimmen. *We Are the Champions,*

You Can't Always Get What You Want, Hey Jude, Go Your Own Way.

Father and Son.

Bei den ersten Tönen dieses Liedes stehen alle auf. Wir legen einander die Arme auf die Schultern, bilden einen Kreis, singen gemeinsam. Wir singen aus tiefstem Herzen, eine Familie – Cat Stevens' *Father and Son.*

Ich fühle mich wieder wie ein Junge, wie in meinen ersten Jahren auf See. Das Staunen und die Hoffnung, die Langeweile langer Tage. Ich lachte über die harte Arbeit. Lachte über die hohen Wellen. War draußen in der weiten Welt und dachte: Hey, ich nehm das alles und noch mehr. Vermisste die Heimat, doch ich schaute nach vorn und nicht zurück. Den Blick auf den Horizont gerichtet.

Das Lied ist zu Ende, und wir sind außer Atem. John legt die Gitarre weg, und ein paar von uns klettern aufs Peildeck. Jemand verteilt Zigarren, und ich nehme eine. Nicht der schlechteste Moment, um meine erste Zigarre zu probieren. Sie ist rau und warm, und ich rauche sie mit Genuss – den Arm um Johns Hals, als wären wir uralte Freunde. Er brüllt: »Verpiss dich, du verdammtes Eis!«, und wir verfallen in einen Sprechchor: »Lass uns frei! Lass uns frei! Lass uns frei!«, und stampfen dabei aufs Deck.

Der kahle Schädel von Jens, dem Chefingenieur, taucht am oberen Ende der Leiter auf. Er sagt, es sei ja schön und gut, dass wir die Götter bäten, uns freizulassen, aber jetzt sollten wir besser mal reinkommen und zu Abend essen.

»Im Übrigen versucht unter euren Füßen der Kapitän zu schlafen, wenn's recht ist.«

Er will gerade wieder gehen, da treffen sich unsere Blicke.

»Ah, Bo, du auch. Na, wer sich's leisten kann …«

Es ist schon spät, zehn Uhr. Die Sonne steht täuschend hoch. Sonnenbrand auf den Wangen der Expeditionsteilnehmer und wahrscheinlich auch auf meinen. Unsere Bäuche sind voll Whisky und Kognak und Bier, noch verlangen sie nicht nach Essen.

John dreht sich zu mir um, seine Augen sind müde und gerötet.

»Meine Frau kriegt ein Kind, es kann jeden Tag kommen, und ich sitze hier fest und kann nichts tun.«

»Das ist hart«, sage ich.

Er schüttelt den Kopf. »Morgen fange ich an, uns freizuhacken, verdammt. Ich besorg mir einen gottverdammten Eispickel und hacke uns frei.«

Unten in der Messe essen wir, als hätten wir seit Tagen nichts mehr bekommen. Es schmeckt lecker – die warme, salzige Soße, der knusprige Schweinebraten und die Säure des Kohls passen perfekt zusammen.

Ich spüle das Geschirr ab und packe das übriggebliebene Essen weg. Ich verspüre das Bedürfnis, mich hinzulegen. Meine Beine sind schwer, meine Augen fallen mir zu – ich bin plötzlich betrunken und denke nur noch ans Schlafen.

Ich sinke in meine Koje, lasse meine Stiefel auf den Boden fallen. Morgen früh um vier beginnt der neue Arbeitstag. Ich werde wieder ganz der Alte sein. Aber heute war ich jemand anders. Ein Passagier. Ein Junge. Heute war ich frei. Etwas Hartes, Schweres ist von mir abgefallen – zerbröselt, zu Staub geworden dort draußen auf dem Fußballfeld.

Schlafen.

Schlafen.

Lasst mich schlafen.

MS *Nella Dan*

2. Fahrt, Saison 1986/87

27. Dezember 1986

Position: 63° 26.000' S, 120° 5.000' O

Anmerkung des Kapitäns: Das Schiff ist von Eis umgeben. Der japanische Eisbrecher *Maru Shirase* ist nach dem Frühstück eingetroffen. Er wird versuchen, uns in eine offene Wasserrinne zu schleppen.

Sie haben uns einen Sack Äpfel geschenkt. Haben uns aus dem Eis gebrochen.

Ich habe ihnen zum Abschied gewinkt, ihrem großen Schiff, der *Maru Shirase*. Sogar einen Tennisplatz haben sie auf dem Achterdeck. *Einen Tennisplatz.*

Ich beiße in einen Apfel – kalt, knackig –, und bei dem Geräusch meiner Zähne, die sich in die Schale eingraben, stellt sich mir das Nackenhaar auf. Mein Mund füllt sich mit dem süßen Saft – so vertraut. Ich kaue und kaue, mit geschlossenen Augen.

Ein Apfel – bloß ein Apfel.

Aber noch nie ist mir ein Geschmack so lebensnotwendig vorgekommen wie in diesem Moment.

Äpfel, immer da, auf den Bäumen, im Vorratsschrank. Äpfel in so vielem, was ich gern esse. Das werde ich nicht mehr vergessen.

Sieben Wochen ohne, und von allem, was mir gefehlt hat, von allem, was es nicht mehr gab, war es dies, woran ich am häufigsten gedacht, was mir am meisten gefehlt hatte.

Der Geschmack eines kalten, knackigen Apfels. Meine Zähne, die sich in die Schale eingraben.

MS *Nella Dan*
2. Fahrt, Saison 1986/87
8. Januar 1987
Position: 45° 8.000' S, 142° 33.000' O
Anmerkung des Kapitäns: Werden Hobart wohl wie geplant morgen früh um neun erreichen.

Seine Kabinentür ist immer noch offen.

Ich gehe sechsmal am Tag daran vorbei, vielleicht sogar öfter, aber ich schaue nie hinein. Ich schaue geradeaus – richte den Blick nach vorn. Ich gehe rasch vorbei. Aber heute Abend bleibe ich an der Tür stehen. Ich weiß nicht, warum. Ich weiß es nicht, aber ich bleibe stehen. Schaue hinein.

Meine Augen gewöhnen sich an das Licht, und die Konturen werden scharf. Sörens systematische Unordnung. Seine Kleider, seine Stiefel, seine Bücher und Zeitschriften über den ganzen Boden verteilt. Das Bett nicht gemacht, die Bettdecke hängt herunter.

Er hat immer gesagt, er müsse nicht aufräumen, denn er wisse, wo alles sei, und wenn er die Sachen woandershin tue, finde er nichts mehr. Auf der Herfahrt von Dänemark, irgendwo im Indischen Ozean in der Nähe des Äquators, forderte Klaus ihn auf, seinen »Saustall« aufzuräumen. Wir waren erst etwa drei Wochen unterwegs. Aber Sören erklärte, das sei keine Unordnung. Da sei System dahinter.

»Ich weiß genau, wo alles ist. Wenn ich einen Stift brauche, weiß ich genau, wo ich einen finden werde.« Er hob eine zusammengeknüllte Hose vom Boden auf, und ein Stift kam darunter zum Vorschein.

»Siehst du!«

Klaus schüttelte den Kopf und wiederholte, er solle aufräumen, aber er lächelte dabei, ja vielleicht lachte er sogar, wegen des Stifts. Es war unmöglich, Sören länger böse zu sein.

Ich trete ein. Ich setze mich auf seine Koje.

Sein Überlebensrucksack liegt zu meinen Füßen, offen, ein Teil des Inhalts ist herausgerutscht. Ich muss lächeln, denn eigentlich sollte er fest verschlossen im Schrank liegen – *für den Notfall*. Wir müssen ihn bei den Übungen dabeihaben, wenn wir draußen auf dem Helideck stehen, frieren, Zigaretten rauchen und warten, bis unser Name aufgerufen wird und wir wieder hineingehen können.

Mir gegenüber auf dem Einbauschreibtisch steht, an den Seiten mit zusammengerollten Handtüchern gesichert, der CD-Player, den er sich in Hobart gekauft hat. Schwarzglänzend und neu – AKAI steht in silbernen Buchstaben darauf.

»Ihr müsst echt mal kommen und euch das anhören! Dieser Klang!«, sagte Sören oft.

Also quetschten wir uns in die Kabine. Er ließ *Money for Nothing* von den Dire Straits laufen, und wir standen da und hörten zu.

»Erstaunlich, oder? Tausendmal besser als Kassetten!«

Mit dem Dröhnen der Maschinen und dem Krachen der an den Rumpf schlagenden Wellen im Ohr konnten wir eigentlich keinen Unterschied feststellen. Wir waren wohl einfach höflich oder fanden es schön, zusammen Musik zu hören. Schön, in einer Kabine zusammengedrängt zu sein, die nicht unsere eigene war. Eine Abwechslung zum Frozen Inn und unseren eigenen winzigen Kabinen. Ein anderes Lied. Ein anderer Raum. Etwas Neues.

Allerdings hatte Sören nur zwei CDs. *The Wall* und *Brothers in Arms.* Ich beuge mich vor und drücke auf den Netzschalter. Ein Basston, den ich in der Brust spüre, und das rote Licht leuchtet auf. Dann beginnt ein Lied – laut, und es wird noch lauter. Ich schnappe mir den Kopfhörer, der auf dem Boden liegt, und stöpsele ihn ein. Setze ihn mir auf die Ohren. Ich sperre die Außenwelt aus.

Ich höre zu. Lege mich in Sörens Koje, schließe die Augen. Die Musik ist so laut, dass sie fast wehtut, aber ich will sie nicht leiser stellen.

Farbexplosionen, leuchtende, vorwärtsdrängende Details. Ein ganzes Orchester, ein Chor, eine Band, alles in diesem Kopfhörer – alles in meinem Kopf. In meinem Innern – Klänge, die ich schon gehört, aber noch nie gefühlt habe, und ich verliere mich, lasse mich tragen von dieser riesigen Welle. Der Text dringt in mich ein. Die Worte. Pink Floyd, »Comfortably Numb« – angenehm betäubt.

»Das ist das Allerneuste«, sagte er. »Dieser Klang! So muss das sein.«

Ich betrachtete die Stereoanlage.

»Es ist ganz schön viel Geld«, sagte ich.

Sören schaute mich mit diesem speziellen Blick an. »Wofür in aller Welt sparst du eigentlich?«

Ich zuckte mit den Achseln. Mein Haus war alt, es fielen immer wieder Reparaturen an, aber das gab ich ihm nicht zur Antwort. Ich sagte, ich wolle vielleicht eine Weile hierbleiben. Eine Zeitlang bleiben.

»Und reisen?«, fragte er.

Ich zuckte erneut mit den Achseln. »Vielleicht einfach hier sein.«

Sören verdrehte die Augen. Ich wusste, was er dachte. Es gab so viele Frauen da draußen in der Welt, und ich kannte diese Frau, diesen Ort doch kaum. Es war schlicht zu früh.

»Ich habe einfach ein gutes Gefühl«, sagte ich, aber er hörte mir gar nicht richtig zu. Er starrte auf die schwarzglänzende Stereoanlage mit diesem neuen Klang in ihrem Innern.

Wir trugen sie aus dem Laden und zum Kai hinunter. Er sagte mir, ich könne seine alte Anlage haben.

»Die ist besser als deine alte Kiste.«

Ich sagte, er solle sie Erik und Jonas geben. Die hätten gar nichts in ihrer Kabine. Außerdem mochte ich meinen alten Kassettenrekorder. Er produzierte keinen Bandsalat und war gar nicht so schlecht. Mir reichte er.

»Na gut«, sagte er. »Bleib du schön in der Vergangenheit, während wir anderen in die Zukunft marschieren.«

Ich sagte, er habe doch gar keine CDs für sein neues Gerät. Er lachte. Aber als wir dann in seiner Kabine standen, wurde er ernst. Er sah mich an.

»Vielleicht solltest du es riskieren«, sagte er. »Wahrscheinlich muss man manchmal sagen: Scheiß drauf! Das Leben ist kurz. Du könntest wirklich eine Weile hierbleiben – es einfach mal ausprobieren.«

Die zweite Hälfte des Songs wird von dem satten Bass und der Leadgitarre getragen, sie spinnt die Melodie aus, hebt sie auf eine andere Ebene – die Melodie steigt auf, schwebt zum Horizont.

Ich lasse meinen Körper, das Schiff, diese Erde los.

Ich verstehe für alle Zeiten.

»Du hattest recht, Sören«, sage ich. »So muss das sein.«

DER SCHNEEBALL

Bo und die Besatzung warfen Schneebälle nach uns, als die *Nella* heimkam. Sie hatten sieben Wochen im Eis festgesteckt. Hurrarufe ertönten, und die Leute umarmten und küssten sich. Ein paar weinten auch.

Alle an Bord hatten Weihnachten verpasst. Neujahr. Den Januar.

Ein Fernsehteam war da. Sie filmten die Schneebälle, die Feier, und abends kam das Ganze in den Nachrichten auf ABC. Der Reporter sagte, kein anderes Schiff der Neuzeit sei je so lange eingeschlossen gewesen.

Bo hatte einen Schneeball für uns aufgehoben. Er legte ihn meinem Bruder in die Hand.

»Eis, direkt aus der Antarktis«, sagte er.

Mein Bruder erzählte ihm von dem Tag, als es bei uns geschneit hatte – dass wir schulfrei bekommen und auf der Straße Schneebälle geformt und ein Tablett als Schlitten benutzt hatten, das aber auf halber Strecke kaputtgegangen sei.

Bo lächelte, aber auf der Fahrt nach Hause starrte er aus dem Autofenster und war still. Mum erzählte uns, dass er auf der Reise seinen Freund verloren hatte, er war gestürzt und auf dem Kopf aufgeschlagen. Ein Mann namens Sören, der auch in der Kombüse gearbeitet hatte.

Ich erinnerte mich an ihn. Das war der Mann, der meinen Bruder hochgehoben und ihm die Schachtel mit Kaugummi geschenkt hatte. Ich hätte gern gefragt, ob sie ihn im Eis begraben, dort zurückgelassen hatten, tat es aber nicht. Ich schaute zu meinem Bruder hinüber. Sein Blick war auf den Schneeball in seiner Hand geheftet.

»Ist euch das Essen ausgegangen?«, fragte er.

Bo antwortete eine Weile nicht, und als er es dann tat, war seine Stimme leise. Weit weg.

»Wir hatten genug Essen. Wir können sehr lang durchhalten. Aber das Bier ist uns ausgegangen. Und Äpfel hatten wir auch keine mehr. Die haben mir gefehlt.«

Mein Bruder schaute mich an. Er flüsterte: »Mir würden Äpfel nicht fehlen.«

Bo drehte sich auf dem Sitz um.

»Und ob sie dir fehlen würden. Wenn du so lange keine kriegen könntest, würden sie dir auch fehlen.«

Mein Bruder machte große Augen, als hätte er das gar nicht sagen wollen, und eigentlich war es ja auch nur für mich gedacht gewesen. Er wandte sich wieder dem Schneeball in seiner Hand zu. Er schimmerte und hatte auf der Oberfläche angefangen zu schmelzen, war aber so fest und immer noch so kalt, dass er nicht tropfte. Mein Bruder hatte das untere Ende von seinem Pullover zwischen Handfläche und Schneeball liegen, aber seine Hand war bestimmt trotzdem sehr kalt.

»Glaubst du, der hält, wenn ich ihn in den Tiefkühlschrank tue?«, fragte er.

»Ja«, sagte Bo. »Wir stecken ihn in eine Plastiktüte und legen ihn in den Tiefkühlschrank. Der hält.«

Sobald wir zu Hause angekommen waren, rannte mein Bruder in die Küche und zog eine Frischhaltetüte aus der Küchenschublade. Er steckte den Schneeball hinein und verschloss die Tüte mit einem Clip, und Bo legte sie dann für ihn in den Tiefkühlschrank.

»Keine Sorge. Wir fahren bald wieder, und ich kann dir jederzeit neues Eis mitbringen. So viel du willst.« Bo schaute ihn an. »Ich habe deinen Geburtstag verpasst«, sagte er.

Mein Bruder erzählte ihm, er habe eine richtige Geburtstagsfeier gehabt und es sei ganz toll gewesen, und Bo sagte, schade, dass er die verpasst habe.

»Ich back dir einen Kuchen. Einen Kuchen kann es trotzdem noch geben, auch mit Verspätung. Wir können einen Kuchen für deinen Geburtstag und einen für Neujahr backen.«

Mum sagte, mein Bruder und ich sollten uns im *Women's Weekly Cake Book* einen Kuchen aussuchen, und ich wusste, dass sie uns los sein wollten, also hockten wir uns im dunklen Wohnzimmer auf den Boden, und ich versuchte zu hören, worüber Mum und Bo sich im Wintergarten unterhielten. Ich horchte angestrengt, aber ich konnte nichts verstehen.

Nachdem mein Bruder drei Kuchen in die engere Wahl genommen hatte, diejenigen mit dem meisten Tortenguss und Zuckerzeug, was er eben so mochte, kam Bo herein und sagte, er werde versuchen, ein bisschen zu schlafen. Er habe lange Zeit nur wenig geschlafen, und er sah plötzlich sehr müde aus. Seine Augen waren richtig eingesunken, und sie waren jetzt weder grau noch blau. Sie schienen farblos zu sein, wie ausgewaschen.

Mein Bruder sagte: »Gute Nacht«, dabei war es erst Vormittag. Es war zehn Uhr morgens.

»Gute Nacht«, sagte Bo. Dann wandte er sich mir zu.

»Weißt du, was ein richtig guter Neujahrskuchen ist? Schoko-Haselnuss-Kirsch-Torte.«

Von so einer Torte hatte ich noch nie gehört – ich konnte mir nicht einmal ansatzweise vorstellen, wie die wohl war.

DIE TORTE

Die Torte war wie ein Schloss, wie eine Festung – mit Türmchen aus Schokospänen, die mit Puderzucker bestäubt waren. Es war eine Torte aus mehreren Kuchenböden und dazwischen Schichten aus geriebenen Haselnüssen und Sahne und dunklen Kirschen aus einer Dose, die Bo vom Schiff mitgebracht hatte. Er ließ mich ein bisschen von dem Saft trinken, in dem die Kirschen gewesen waren – er war süß und dick und färbte meine Lippen lila.

Bo brauchte ziemlich lang, um die Torte zu machen. Es schien sehr kompliziert zu sein, denn sie bestand aus vielen verschiedenen Teilen. Als die Kuchenböden backbereit waren, machte sich Bo einen Kaffee und goss ihn in ein kleines Glas, in dem früher Vegemite gewesen war. Ich weiß nicht, warum er keine Tasse benutzte – er mochte das Gläschen wohl, denn er benutzte es immer, wenn er bei uns war.

»Mir fehlt der Kaffee«, sagte er. »So, wie er zu Hause schmeckt.«

Er nahm ein Schlückchen zum Probieren, dann hielt er das Gläschen vor dem Fenster ins Licht.

»Egal was ich mache, er schmeckt nie so wie zu Hause. Dabei sollte er das eigentlich – es ist der gleiche Kaffee, und ich bereite ihn auf die gleiche Weise zu. Aber der Geschmack ist nie der gleiche! Es ist sehr merkwürdig. Rätselhaft. Vielleicht liegt es an dem Salz in der Luft oder daran, dass ich auf der Südhalbkugel bin, wo alles andersrum ist. Ich weiß es nicht. Es ist ein Rätsel.«

Bo erlaubte uns nicht, zuzuschauen, wie er die Torte fertig machte. Er sagte, es solle eine Überraschung sein, also ging ich mit meinem Bruder fernsehen, bis er so weit war.

Bo trug die Torte in den Wintergarten. Eine der Kerzen war bereits angezündet, sie brannte hell und ließ den Zuckerguss schimmern und glänzen.

»Ja, ich glaube, das ist meine Lieblingstorte«, sagte er, während er sie auf den Tisch stellte. »Es ist, wie im Winter im Wald zu sein – wenn die Bäume schlafen gehen, das Licht nicht mehr so hell ist und der Fluss langsam zufriert, und dann kommt der Schnee, immer mehr Schnee, und alle haben ihre Weihnachtslichter im Fenster stehen, die Tag und Nacht leuchten, und man riecht die Gewürze von all dem Weihnachtsgebäck.«

Ich konnte es schmecken – die dunkle, schwere Erde eines Waldes voller Rehe und Kaninchen im leise fallenden Schnee.

Ein Märchen.

ZEIT

Bo saß im Wintergarten unter der Lampe.

Ich konnte durch die Scheibe der Wohnzimmertür seinen Rücken sehen, seine rundlichen Schultern in dem weißen T-Shirt. Ihm schien nicht kalt zu sein. Er rauchte eine Zigarette. Ich betrachtete ihn eine Weile – vielleicht sogar lange, ich weiß es nicht. Es war mitten in der Nacht, und alle schliefen. Alle außer mir und Bo.

Ich öffnete die Tür zwischen Wohnzimmer und Wintergarten. Ich ging hinein und stellte mich neben den Tisch, und Bo schaute mich mit dunklen Augen an.

»Ich kann nicht schlafen«, sagte ich, und er zündete sich eine neue Zigarette an.

Er würde in ein paar Tagen wieder fahren. Es war kaum Zeit – eigentlich gar keine Zeit. Dadurch, dass sie im Eis eingeschlossen gewesen waren, war alles durcheinandergeraten, der ganze Plan für den Sommer. Alles war jetzt anders.

»Wie lang ich hier auch sitze«, sagte er, »ich kann mich nicht entscheiden. Soll ich seine Uhr nach Hause schicken oder sie bei mir sicher aufbewahren?«

Ich wusste nicht genau, ob das eine Frage war, und ich hatte auch keine Antwort. Ich setzte mich leise auf den Stuhl neben ihm.

Die Uhr lag auf dem Tisch, eine altmodische Uhr, so wie die Armbanduhr, die mein Großvater trug. Nur war die aus Gold und ein Geschenk für seine fünfundzwanzigjährige Betriebszugehörigkeit bei Smiths Industries, wo er Wecker und Uhren und Blackboxes für Flugzeuge hergestellt hatte. Sörens Uhr sah nicht so aus, als wäre sie aus Gold, aber sie hatte ein schönes, sauberes Ziffernblatt und schien eine gute Uhr zu sein. Eine, die lange halten würde.

Bo nahm sie vom Tisch. In seiner Hand sah sie klein aus.

»Als wir ihn hergerichtet haben«, sagte er, »als wir ihn in den Tiefkühlraum gebracht und zugedeckt haben, da habe ich ihm die Uhr vom Handgelenk genommen. Er hat sie immer so eng getragen. Sie hat einen Abdruck auf seinem Handgelenk hinterlassen. Er hat sie nie abgelegt – er hatte Angst, sie zu verlieren. Sie hat früher seinem Vater gehört. In der ganzen Zeit, in der ich ihn kannte, hatte er sie immer um.«

Bo drückte seine Zigarette aus. Er rieb sich die Stirn.

»Ich weiß nicht, warum ich sie genommen habe, aber ich konnte sie einfach nicht bei ihm lassen. Ich wollte nicht, dass sie aufhört zu ticken.«

Er drehte sich zu mir um und lächelte, ein seltsames Lächeln.

»Wenn ich die Uhr so in der Hand halte, schau«, er zeigte mir seine offene Hand, das Ziffernblatt war genau in der Mitte, »dann spüre ich das Ticken an der Haut – und es ist wie der Herzschlag von einem kleinen Vogel, den man in der Hand hält, ein Pulsieren, das man wahrscheinlich gar nicht bemerkt, wenn man an etwas anderes denkt. Wenn man sich nicht konzentriert. Ich denke immer wieder: *Sollte nicht eine Uhr viel zerbrechlicher sein als ein Mensch?*«

Bo wischte sich mit dem Handrücken über das eine Auge, dann putzte er sich die Nase. Blinzelnd sah er zu mir hoch – vielleicht hatte er sich jetzt entschieden.

»Sören war mein guter Freund«, sagte er. Dann stand er auf. Das sei doch sinnlos, dass wir beide mitten in der Nacht hier säßen. Nach einer heißen Schokolade würde uns vielleicht wieder nach Schlafen zumute sein. Als er in die Küche ging, um Milch in dem kleinen schwarzen Topf heiß zu machen, den er extra gekauft hatte, weil er unsere Töpfe furchtbar fand und angeblich nicht richtig damit kochen konnte, nahm ich vorsichtig die Uhr vom Tisch. Sie war noch warm von Bos Hand.

Ich schloss die Augen, damit ich das Ticken auf meiner Handfläche spüren konnte – wie den Herzschlag eines kleinen Vogels. Aber sosehr ich mich auch bemühte, ich spürte nichts. Ich konnte die Bewegung der Zahnrädchen im Innern der Uhr nicht spüren.

ZWIEBELN

Auf der Arbeitsplatte lag ein Berg Zwiebelringe, eine richtige Pyramide – dünn und durchscheinend waren sie. Bo schaute mich an, doch seine Hände hörten nicht auf, sich zu bewegen. Er hobelte weiter Zwiebeln, zog sie flott über einen großen metallenen Gemüsehobel. Er machte das so schnell, dass in dem Sonnenlicht, das durchs Bullauge hereinfiel, winzige Tröpfchen Zwiebelsaft schillerten, ein richtiger Regenbogen hing in der Kombüse.

Bos Augen waren rot und geschwollen, und meine begannen zu tränen. Die Säure der Zwiebeln war wie eine Wand, unsichtbar zwar, aber trotzdem da.

»Stell dich ans Spülbecken«, sagte Bo und hobelte weiter.

Das Metallbecken war halb voll mit dampfendem Wasser, und ich beugte mich darüber. Ich spürte die Wärme des Dampfs im Gesicht. Ein gutes Gefühl.

»Guck ins Wasser, und versuch, nicht zu blinzeln.«

Ich starrte mit aufgerissenen Augen hinunter, bis das Wasser zu verschwimmen begann und die Kanten des Spülbeckens sich rundeten und dann ganz verschwanden. Dann sah ich nur noch Wasser – ich starrte hinunter auf eine wogende Wasserfläche.

Ich blinzelte. Das Brennen war weg. Ich richtete mich auf, meine Nase lief.

Bo war mit der letzten Zwiebel beschäftigt. Er hobelte sie schnell und schob dann den ganzen Berg Zwiebelringe in einen riesigen Metalltopf. Der Topf war verbeult und außen schwarz, aber innen drin glänzte er. Bo wischte die Arbeitsplatte ab, säuberte den Gemüsehobel und stellte sich dann vor das mit Wasser gefüllte Spülbecken. Er blinzelte. Riesige Tränen quollen ihm aus den Augen und rannen seine Wangen hinab, doch er wischte sie nicht weg.

»Ich mache nicht gern französische Zwiebelsuppe«, sagte er. »So viele Zwiebeln! Sie schmeckt süß, aber sie entsteht unter Schmerzen!«

Ich hatte noch nie französische Zwiebelsuppe gegessen. Ich wusste gar nicht, was das war. Es klang nicht gut, fand ich, aber als Bos Augen wieder klar waren und er sich die Hände gewaschen und den großen Topf aufs Gas gestellt hatte, gab er ein ganzes Päckchen Butter dazu, und beim Geruch der sanft in der Butter schwitzenden Zwiebeln änderte ich meine Meinung.

Er gab Knoblauch hinein, jede Menge zerdrückten Knoblauch, und dann noch mehr Butter. Klare braune Brühe, die er mit einer Kelle aus einem anderen Topf schöpfte, dann Rotwein und einen gehäuften Löffel Mehl. Eine Menge Kräuter, wie kleine Bäumchen, die von einer Schnur zusammengehalten wurden, und schließlich rührte Bo das Ganze um. Er rührte, bis das Gemisch blubberte, dann setzte er den Deckel auf den Topf.

Es roch süß und sauer, warme Butter, Salz und Zwiebeln.

Bo wusch sich erneut die Hände und trocknete sie an einem Geschirrhandtuch ab.

»Als ich noch ein Kombüsenjunge war, vielleicht siebzehn, auf meinem ersten Schiff, da musste ich jede Menge

Hilfsarbeiten in der Kombüse erledigen. Zwiebelschneiden gehörte immer dazu. Das habe ich gehasst! Meine Augen haben unheimlich getränt. Ich konnte sie kaum offen halten. In der Kombüse gab es keine Bullaugen, die man hätte öffnen können, denn sie war ganz unten, unterhalb der Wasseroberfläche – nach der fünften oder sechsten Zwiebel habe ich nichts mehr gesehen. Ich musste zwischendurch immer wieder aufhören. Es dauerte ewig, bis ich fertig war. Und ich bekam jedes Mal einen Anschiss.

Eines Tages hat mir einer der Köche gesagt, wenn ich das Brennen ein für alle Mal loswerden wolle, müsse ich mir nur etwa eine halbe Minute lang kräftig Zwiebelsaft in die Augen reiben. Er sagte: ›Du wirst furchtbar heulen, aber danach nie wieder.‹

Der Koch, der mir das geraten hat, wollte nicht gemein sein – er war eigentlich ein netter Mensch. Er kam gar nicht auf die Idee, dass ich so dumm sein könnte, es tatsächlich zu machen. Es hat ihm furchtbar leidgetan. Ich glaube, er hätte fast selbst geheult, als er mich gesehen hat. Als wir zwei Tage später nach Göteborg kamen, in Schweden ist das, da ist er mit mir in eine Bar gegangen und hat mir ganz viele Drinks spendiert. Also, meine Augen waren total zugeschwollen, ich habe sie überhaupt nicht mehr aufgekriegt. Und das hat stundenlang angehalten. Der Erste Offizier hat gesagt, ich sei ein Trottel. Er hat mir die Augen mit Wasser ausgewaschen und mir ein starkes Schmerzmittel gegeben, von dem ich auch eingeschlafen bin.

Ich war damals noch sehr jung. Und bis dahin hatte ich nie Anlass gehabt, anzuzweifeln, was mir irgendwer erzählte. So bin ich aufgewachsen – bei uns auf der Insel kannte man die meisten Leute in der näheren Umgebung, und sie kannten einen auch, und man glaubte, was sie sagten. Nach dieser Geschichte wusste ich, dass ich ein bisschen härter werden musste, und ein bisschen cleverer. Das war eine gute Lehre.«

Ich schaute zu ihm auf, zu Bo – sein Blick war in die Vergangenheit gerichtet, in die Ferne. Wo ich nie hingelangen würde.

»Ich habe immer geglaubt, was mir die Leute erzählen«, sagte Bo noch einmal. »Es kommt mir vor, als wäre das ewig her.«

Bo öffnete eine Schranktür, und das obere Fach war voll mit dänischem Kaffee, sauber gestapelt. Glänzend rote und silberne Folie, wie Weihnachtsschmuck.

»Zeit für einen Kaffee«, sagte er.

Ich wusste, dass er mir eine Tasse Tee machen würde, und dabei würde er sagen: »Tee? Ich verstehe Tee nicht.« Aber er würde mir trotzdem einen machen und Milch und Zucker hineingeben. Er selbst trank starken schwarzen Kaffee aus seinem Becher, der fleckig und angeschlagen war und aus dem immer ein Löffel ragte.

»Wollen wir hierbleiben oder in die Messe gehen?«, fragte er.

Wir blieben in der Kombüse. Mir gefiel es dort. Die Bullaugen waren groß und eckig und ließen ganz viel Licht herein, und die rote Sitznische war weich und gemütlich.

Bo machte eine orangene Packung Kekse auf, sie waren rund und golden. Ich tunkte einen in meinen Tee.

»Die bewahre ich für die Expeditionsteilnehmer auf, falls sie seekrank werden«, sagte Bo. »Wenn ihnen schlecht wird, lasse ich sie zwei von diesen Keksen essen. Sie behaupten immer, sie könnten nichts essen. ›Nein. Bitte nicht‹, sagen sie und verdrehen die Augen.«

Bo lächelt und nimmt sich einen Keks.

»Wenn wir in Hobart auslaufen, sind sie noch ganz begeistert, in Partystimmung. Und ein paar Stunden später sind sie alle draußen, weil sie ›mal telefonieren‹ müssen.«

Ich trank meinen Tee. Ich wusste nicht genau, was er meinte, aber ich wusste, dass es die Sache wert wäre. Auf der *Nella* würde ich mich nie langweilen oder einsam oder müde sein. Es würde nur Meer und Himmel und Eis geben, lauter Momente, die miteinander verschmolzen, vorbeiflossen, verstrichen, und wenn ich aus dem Bullauge blickte, würde ich wissen, das ich nichts anderes sein musste als das, was ich war.

MS *Nella Dan*

2. Fahrt, Saison 1986/87

28. Januar 1987

Position: 60° 54.000' S, 99° 12.000' O

Anmerkung des Kapitäns: Endlich einmal leichter Wind und ruhige See, bisher eine Seltenheit auf dieser Fahrt. Gestern Nacht haben wir den 60. Breitengrad Süd überquert, die Lufttemperatur liegt heute erstmals unter null und zeigt uns unmissverständlich, dass wir in antarktischen Gewässern sind.

Wir arbeiten hart.

Roastbeef, Schweinebraten, drei ganze pochierte Lachse. Rotkohl, Zwiebeln, goldene Bratkartoffeln. Rote-Beete-Salat, Gurkensalat, Kuchen und Gebäck – unser besonderer Milchreis mit Beeren und Mandeln. Heiße Schokolade mit Kognak und Sahnehaube.

Das Licht geht aus. Eine lodernde Großflasche Aquavit zum Abschluss des Festmahls.

Der Kapitän steht auf, heißt alle willkommen. Uns alle. Er beginnt mit seiner Ansprache.

»Der Gott des Südlichen Ozeans hat uns einer Musterung unterzogen und verkündet, wir seien von solider, aber wässriger Beschaffenheit. Wir dürfen also passieren!«

Einige Expeditionsteilnehmer beginnen zu applaudieren, doch er fährt fort.

»Heute überqueren wir den Polarkreis und werden zu

wahren, getreuen Freunden des Südens, dieser wunderschönen, besonderen Region. Mögen wir stets rücksichtsvoll mit ihr umgehen, jetzt und immerdar. Ich hebe mein Glas auf König Neptun – *Australis Rex* – und unser braves Schiff, die *Nella Dan.*«

Hurrarufe erklingen, erfüllen die Messe. Ich höre den Namen, voller Zuneigung skandiert – *Nella Dan! Nella Dan! Nella Dan!*

Aber jetzt stehe ich auf dem Trawldeck – schaue auf die Wellen, die sich berghoch hinter uns auftürmen. Zwei Rußalbatrosse heben sich mühelos vom Heck in die Luft. Ich kann den Blick nicht von ihnen lösen.

Unten im rammelvollen Frozen Inn singt die Besatzung *Home by the Sea.* Bald werde ich mich zu ihnen gesellen – wenn ich das alles hier in mich aufgesogen habe. Ich werde mich zu ihnen gesellen, wenn ich dieses Wunder, diese wunderbare Gegend, zur Genüge auf mich habe wirken lassen.

Den Südlichen Ozean.

WUNDER DES UNIVERSUMS

Ein Mann kam ins Klassenzimmer und blieb mitten im Raum stehen. Er hatte braune fransige Haare und sah sehr wach aus, wenn er sich bewegte – lebhaft und munter. Bereit. Er trug einen weißen Laborkittel.

»Ich bin Mr Wilkins«, sagte er.

Dann drehte er sich um und ging wieder hinaus. »Los, kommt!«, schrie er.

Wir blieben an unseren Pulten sitzen und schauten uns an. Wir kannten einander nicht. Es war der erste Tag an der Highschool, und ich war dem Unwin-Haus zugeteilt worden. Niemand sonst, den ich aus der Grundschule kannte, war im Unwin-Haus. Es war reiner Zufall, in welchem Haus man landete. Zufall oder verwandtschaftliche Beziehungen.

Mein Bruder würde demselben Haus zugeteilt werden, Unwin. Er musste mit den Entscheidungen leben, die für mich getroffen wurden.

Nach und nach standen ein paar von den Jungs auf und gingen zur Tür. Jemand fragte: »Ist das unser Klassenlehrer?«, aber niemand antwortete.

Wir folgten Mr Wilkins aus dem Gebäude und den Hang hinunter zu einer überdachten Betonfläche. Er stand in der Mitte auf dem Betonboden, die Hände in den Taschen.

»Das ist die Frischluftturnhalle«, sagte er. »Zumindest nenne ich sie so. Manchmal finden hier Versammlungen statt, aber nicht sehr oft. Wir aber werden oft hier sein.«

Wir standen zusammengedrängt da, waren uns nicht sicher, wo wir stehen oder was wir tun sollten. Mr Wilkins zog einen gelben Gummiball aus der Tasche und dopste ihn kräftig auf den Boden. Er fing ihn mit einer Hand und dopste ihn erneut.

»Wer kann Four Square spielen?«

Ein paar Kinder hoben die Hand. Ich nicht. Ich wusste nicht, wie man das spielt.

»Okay«, sagte er. »Die Regeln sind ganz einfach. Ich bin euer Klassenlehrer. Ihr könnt mit euren Problemen zu mir kommen – mit allem, egal was. Wir treffen uns jeden Morgen vor eurem Unterrichtsbeginn für zehn Minuten und jeden Freitag für eine ganze Stunde, das ist die Klassenlehrerstunde.«

Mr Wilkins ging zu einem Jungen mit Locken und Brille und tippte ihm auf den Kopf. »Name?«, fragte er, und der Junge antwortete: »Nicholas Perkins.«

Er gab Nicholas Perkins den Ball. »Du bist der König.«

Dann tippte er mir auf den Kopf. »Name?«, fragte er, und ich sagte meinen Namen. »Du bist die Königin.«

Er ging weiter, tippte anderen auf den Kopf. »Bube … Narr … Verlies. Verlies. Verlies. Jeder, der nicht in einem der Quadrate steht, ist im Verlies. Der König gibt an, er prellt den Ball erst in sein Quadrat und dann in ein anderes. Wenn jemand den Ball nicht erwischt – die Königin zum Beispiel« – er sah mich an –, »dann geht jeder ein Quadrat weiter, und die Königin wird vom Thron geworfen und muss ins Verlies, ganz ans Ende der Schlange. Alles klar?«

Mr Wilkins packte mich an den Schultern und schob mich auf eins der Quadrate, das Königinnen-Quadrat. Die anderen Kinder bildeten im Verlies eine Schlange. Ich wollte eigentlich die Hand heben und sagen, dass ich immer noch nicht verstanden hatte, wie das Spiel funktioniert, aber Mr Wilkins warf Nicholas den Ball zu und schrie: »Los geht's!«

Das Spiel hatte begonnen.

Nach ein paar nervösen Minuten waren wir alle voll dabei. Ich war schon nach zwei Runden im Verlies, aber es ging rasch weiter, man war im Nu wieder aus dem Verlies draußen und im Spiel. Jeder, der aus dem Verlies kam, musste seinen Namen rufen. Wir mussten richtig lachen – es ging alles so schnell. Wir schienen unentwegt unsere Namen zu rufen. Wahrscheinlich war das seine Methode, sich unsere Namen zu merken, aber als schließlich die Schulglocke läutete, ohrenbetäubend in dieser Betonturnhalle, hatten auch wir die Namen gelernt. Wir waren zu einer Gruppe geworden, einer Klasse. Einer Klasse, in der es offenbar viele Kinder gab, die gut in Mathe und Physik waren, und ich gehörte dazu, und das war in Ordnung. Wir hatten Mr Wilkins. Er war unser Klassenlehrer.

Wir hatten Glück.

Verschwitzt und keuchend liefen wir zu unserem Klassenzimmer zurück, und ich sah, wie Kinder, die ich aus der Grundschule kannte, im ersten Stock aus dem Fenster zu uns herunterschauten. Sie saßen in ihren Klassenzimmern fest, in Ransom und Hodgkin und Mather – Häusern, die uns während meiner gesamten Highschoolzeit in jedem einzelnen Sportwettkampf schlagen würden. Und Mr Wilkins sagte: »So! Als Nächstes habt ihr mich in Physik, also holt eure Bücher und Laborkittel und folgt mir die Treppe hinauf in das höchst erstaunliche Physiklabor, wo die Geheimnisse des Universums enthüllt werden!«

Ich fühlte mich plötzlich sehr hoffnungsvoll – in Bezug auf die Schule und überhaupt auf alles.

MRS HADLEYS SCHREIBMASCHINENZIMMER

An den meisten Morgen, selbst als die Sonne wieder Tag für Tag früher erwachte, waren an unserem Auto die Fenster vereist, und an allen anderen Autos in West Hobart auch. Es war meine Aufgabe, die dicke, undurchsichtige Eisschicht mit kaltem Wasser von unseren Scheiben zu entfernen. Man durfte kein heißes oder auch nur warmes Wasser nehmen. Durch den plötzlichen Temperaturunterschied hätte die Windschutzscheibe zerspringen können. Ich hatte das noch nie erlebt, aber ich hatte jeden Tag Angst, es könnte passieren.

Manchmal war das Eis hartnäckig und blieb an den Scheiben haften; dann musste ich die Hände zu Hilfe nehmen, musste am Eis rubbeln, während ich mit der Gießkanne kaltes Wasser darübergoss. Danach hatte ich in der Schule den ganzen Tag kalte Hände. Kalt bis auf die Knochen.

Die Kälte war auch der Grund, warum wir alle in die Aula rannten, sobald die Tür von einem der Schulleiter geöffnet wurde. Die Mahnung »Nicht rennen!« hielt niemanden auf.

Es gab drei Heizkörper an der Rückwand der Aula, und nur wenn man in ihrer Nähe stand, kam man durch die Morgenandacht, ohne dass einem die Beine abfroren. Und die Hände. In der Aula konnte man den eigenen Atem sehen, sogar im Sommer.

Siebtklässler kamen nie an die Heizung. Wir wurden von den älteren Schülern weggeschubst. Trotzdem rannten wir – versuchten es zumindest.

Wir mussten uns alle auf den Boden setzen, einen Holzboden. Stühle gab es nicht. Ich glaube, das war so eine Quäker-Idee. Härte. Auch der Moment der Stille war eine Quäker-Idee, und er schien immer ewig zu dauern. Nur meine Gedanken. Meine Gedanken und die Kälte. Wie lang eine Minute sein kann. Die lange Einsamkeit einer Minute.

In der Schule gab es kaum Linderung von der Kälte. Die Gebäude waren alle uralt, mit dicken Steinmauern. Dunkle Korridore führten tief in ihr Inneres, hinunter in die kalte Erde. Doch in einem Zimmer war es warm. Mrs Hadley sorgte mit einem elektrischen Heizlüfter dafür, dass es in dem kleinen hölzernen Schreibmaschinenraum immer »schön mollig« war.

»Mit kalten Fingern kann man nicht tippen.«

Maschinenschreiben mochten alle, aber wir hatten es nur einmal in der Woche.

JJJ Leerschritt FFF Leerschritt JFJ Leerschritt FJF Leerschritt

Der Rhythmus der angeschlagenen Tasten, die Wärme des Zimmers – es war wie eine Auszeit vom normalen Leben. Das hölzerne Klassenzimmer befand sich im obersten Stockwerk eines der ältesten Gebäude der Schule. Es hatte eine Dachschräge und war einer der ehemaligen Schlafräume.

Ich stellte mir gern vor, wie dort früher kleine Jungs in kurzen Betten unter grauen Wolldecken geschlafen hatten. Ich sah das immer nur in Schwarzweiß vor mir, wie auf einem alten Foto. Viel Phantasie erforderte es nicht, denn die Wände waren cremefarben und der Teppich grau. Mrs Hadleys Haar allerdings war feuerwehrrot, und sie skandierte mit ihrem starken schottischen Akzent: *SSS Leerschritt LLL Leerschritt SLS Leerschritt LSL Leerschritt.*

MS *Nella Dan*
3. Fahrt, Saison 1986/87
20. März 1987
Position: 67° 2.000’ S, 62° 9.000’ O
Anmerkung des Kapitäns: Liegen in der Holmes Bay vor Anker. Eisberge, gelegentliche Eisschollen, Packeis.
Die letzten Mitglieder des neuen Überwinterungsteams für die Mawson Station wurden heute Morgen an Land gebracht. Um 18 Uhr treten wir die Rückfahrt nach Hobart an.

Ein Mann steht im schwachen Licht auf Deck, während wir Mawson hinter uns lassen. Ich kann sein Gesicht nicht erkennen. Kann nicht wissen, was er denkt. Er blickt zurück auf den Ort, der über ein Jahr lang sein Zuhause war, seine Welt. Monatelange Dunkelheit und monatelanges Licht. Er sieht zu, wie das alles immer weiter in die Ferne rückt – die Eiskliffs und die Berge hinter der Forschungsstation, die Landschaft aus gefrorener Erde, Felsen, Weiß, Stille –, und weiß, dass er niemals hierher zurückkommen wird. Er wird das alles nie wiedersehen.

Es beginnt leicht zu schneien, etwas ausgesprochen Seltenes hier in dieser Wüste. Ich gehe hinein. Ich lasse ihn in Ruhe.

SEINE GANZ EIGENE WELT

Ich beobachtete Bo durch die Glastür. Er war draußen in einer ganz eigenen Welt. Um ihn herum saßen lauter kleine Spatzen. Sie kamen ganz nah heran, als wäre er einer von ihnen. Als hätten sie keine Angst vor ihm.

Auch ein Junges war dabei, noch ganz flaumig, und ich sah, wie Bo dafür sorgte, dass es auch Brot abbekam. Mochten die älteren Vögel es auch wegschubsen und einschüchtern, Bo sorgte dafür, dass das Junge ebenfalls etwas abbekam. Das Vogeljunge nahm sogar ein Stückchen Brot direkt von seinen Fingerspitzen, und es blieb in seiner Nähe, während es fraß. Es blieb bei ihm.

Dann drehte er sich um und sah mich. Ich öffnete die Tür ganz vorsichtig, um die Vögel nicht aufzuscheuchen, aber sie flogen weg, sobald ich auf die Terrasse kam.

»Ich muss dauernd an mein Ruderboot denken«, sagte er. Er hatte immer noch Brot in der Hand und riss kleine Stückchen davon ab, die er zwischen Daumen und Zeigefinger zu Kügelchen rollte.

»Es liegt am Strand, und dort ist Winter. Ich war lange weg.«

Er reihte die Brotkügelchen auf der Brüstung auf, nur eines ließ er in seiner offenen, flachen Hand liegen, die er ganz ruhig hielt.

Ich stellte mich vorsichtig neben ihn, ohne ihn zu berühren. Wir redeten nicht, und schließlich kamen die Spatzen zurück, sogar das Junge.

»Sie haben uns beobachtet«, sagte Bo ganz leise.

Die braunen Spatzen futterten auf der Brüstung, ihr Körper, ihre Augen in ständiger Bewegung, nach etwaigen Gefahren Ausschau haltend. Sie fraßen sämtliche Brotkügelchen und flogen dann, so schnell sie gekommen waren, wieder weg. Nur einer blieb da. Er hatte das Brot in Bos Hand gesehen. Er blieb auf der Brüstung, trippelte hin und her, hin und her, und sein Köpfchen drehte sich und zuckte. Er kam immer näher, und schließlich trippelte er direkt auf Bos Hand.

Er verharrte ganz kurz, schaute uns an, dann nahm er das Stückchen Brot in den Schnabel und flog davon.

»Der Mutigste kriegt die Belohnung«, sagte Bo. Er rieb die Hände aneinander.

Die Sonne schien, aber der Himmel war weit und klar und die Sonne sehr fern.

»Ich fahre auf meine Insel zurück«, sagte er. »Ich werde mal nach meinem Haus schauen und vielleicht mein Ruderboot streichen. Und dann komme ich mit der *Nella* wieder zurück. Es dauert nicht lang.«

Wir gingen hinein, und ich dachte an seine Insel, wo die Häuser nicht aus Stein, sondern aus Holz waren und man mit dem Fahrrad an der Küste von Ort zu Ort fahren konnte, immer am Meer. An der Ostsee. Und wo man nicht müde wurde vom Radfahren, weil es nur wenige, kleine Hügel gab. Anders als hier.

»Es dauert nicht lang«, wiederholte er. »Ich komme wieder.«

GOING HOME

Es gibt ein Musikstück von Mark Knopfler, das *Going Home* heißt. Es ist aus dem Film *Local Hero*.

Es beginnt langsam. Man hört es kaum, eine akustische Gitarre spielt ganz sanft die Melodie, ein paar leise Klänge im Hintergrund – das Meer, der Wind, der weite Himmel, alles in diesem Lied. Es ruft. Eindringlich, sehnsüchtig, Abschied nehmend.

Dann steigert es sich, wird elektrisch, und die Gitarre bekommt ein Bläserecho – immer noch sanft, immer noch langsam, aber als schließlich das Schlagzeug einsetzt, wird das Lied hoffnungsvoll, freudig, wie ein Siegesmarsch.

Sieh, was alles geschehen ist. Sieh, was sich alles verändert hat.

Wir saßen in Kingston im Auto, das in einer Kurve am Straßenrand geparkt war, und sahen der *Nella Dan* nach, während sie auslief.

Ich stieg aus und lief so weit an den Rand des Kliffs, wie ich konnte. Vor mir ging es steil und tief hinunter – Felsen und ein paar Bäume und dann das Meer. Mum drehte die Anlage auf, und die Musik zog wie Nebel über das Wasser – hinaus zu dem kleinen roten Schiff.

Ich hoffte, Bo wusste, dass wir hier waren und ihm nachsahen, ihn verabschiedeten. Eigentlich, dachte ich, sollte ich winken, für den Fall, dass er uns sehen konnte, aber das war dumm, denn natürlich würde er uns nicht sehen können. Er war bestimmt in der Kombüse, bei der Arbeit. War drinnen und schon beschäftigt.

Mum hatte ihm eine Kassette aufgenommen, vielleicht hörte er die ja gerade. Vielleicht lief sie in der Kombüse. Vielleicht hörte er gerade dasselbe Lied.

Ich wusste, dass er es sehr mochte.

Als er es im Auto das erste Mal hörte, sagte er: »Das Stück kenne ich. Ja.«

Er erzählte uns, dass er die Dire Straits in Kopenhagen gesehen hatte und dass sie das Konzert mit *Going Home* beendet hatten.

»Ein tolles Stück«, sagte er. »Der *Nella Dan*-Song.«

Das Stück endete, und die *Nella* war jetzt weit draußen, wo der Derwent kein Fluss mehr war, sondern das Meer. Und sie sah so glücklich aus, wie sie da aufs offene Meer hinaussteuerte. *Going home* – auf dem Weg nach Hause. Auf dem Weg nach Hause, und wir blieben zurück.

Unmengen von Vögeln saßen dort draußen auf dem Wasser, Sturmtaucher – braunschwarz, in Massen –, und als ich zum Auto zurückkam, weinte Mum.

Ich wartete eine Weile, ehe ich die Autotür aufmachte. Mein Bruder fragte, ob wir vielleicht in einem Café frühstücken gehen könnten. Das machten wir sonst nie, hatten wir noch nie gemacht. Ich weiß nicht, wie er auf diese Idee kam. Manchmal überraschte mein Bruder mich wirklich.

Aber Mum musste lächeln.

»Okay«, sagte sie. »Wir gehen in ein Café.«

Wir fuhren zu einem Café in Sandy Bay, direkt am Strand.

Auf der Speisekarte stand unheimlich viel, aber es gab vor allem die verschiedensten Sorten Pfannkuchen. Pfannkuchen mit Blaubeeren, Pfannkuchen mit Schinken und Ei, Pfannkuchen mit gebackener Banane und Ahornsirup.

Mein Bruder hatte so viel Schlagsahne auf seinem Teller, dass er einen Tunnel durch die Sahne graben musste, um zu den Pfannkuchen zu gelangen. Nach etwa zehn Gabeln war er satt, und er schien richtig traurig zu sein, dass er so viel übrig lassen musste. Er hatte sich nach Kräften bemüht, aber die Pfannkuchen hatten ihn besiegt.

Wir wussten beide, dass wir wahrscheinlich nie wieder in dieses Café gehen würden.

Es würde sechs Wochen dauern, bis Bo zu Hause war. Dann würde er einen Monat freihaben, zu seinem Haus fahren, auf seiner Insel sein, seinen Strand entlanggehen. Er würde nach seinem Ruderboot schauen und es anstreichen, orange und blau.

Er würde damit hinausfahren, angeln gehen. An den langen Sommertagen, wenn das Licht immer da war, würde er in der Sonne einschlafen. Warum sollte er je hierher zurückkommen wollen?

DIE EIGENSCHAFTEN VON MATERIE

Mr Wilkins benutzte gern die Tafel. Neben der Tafel, an der langen Vorderwand des Labors, gab es ein nagelneues Whiteboard. Es war viel größer und sauberer, aber Mr Wilkins benutzte immer die Tafel.

Er konnte unheimlich schnell mit Kreide schreiben, viel schneller als jeder andere Lehrer, den ich kannte. Er war entschlossen. Es war ein Tanz – sein Arm bewegte sich, seine Haare bewegten sich, Kreidestaub flog durch die Luft. Manchmal brach die Kreide ab, weil er so energisch bei der Sache war, aber er machte einfach weiter, als hätte er es gar nicht bemerkt.

Wenn das Kreidestück zu klein wurde, warf er es hinter sich, nicht grimmig oder heftig, gerade eben schwungvoll genug, um es über seinen Kopf zu uns zu befördern. Wir versuchten, die Kreide zu fangen, ohne vom Stuhl aufzustehen, und wenn es jemandem gelang, sagte er: »Gut gemacht«, ohne sich umzudrehen, sein Arm blieb weiter in Bewegung, das Geschriebene größtenteils von seinem Körper verdeckt.

Bis auf ein paar Wörter hier und da am Rand.

Partikel

Stromkreis

Ohm'sches Gesetz

Überprüfbare Hypothese

Schließlich war er fertig, und die Kreide verharrte reglos zwischen seinem Daumen und Zeigefinger. Er stand da und las, was er geschrieben hatte, dann trat er langsam zur Seite.

Die große Enthüllung.

Manchmal waren da Gleichungen. Manchmal ein Unterrichtsplan oder ein großes neues Thema wie *Die Gesetze der Thermodynamik!*. Manchmal war es eine Geschichte oder ein Gedicht, irgendetwas, was mit Physik überhaupt nichts zu tun zu haben schien. Einmal war es sogar ein Witz. *Warum ist Osmium der perfekte Name für eine Heavy-Metal-Band? Weil Osmium das schwerste und härteste Metall im Periodensystem ist.*

Kein anderer Lehrer schien die Tafel zu benutzen, und so blieben Mr Wilkins' Worte oft tagelang stehen. Ich schaute sie mir auch in anderen Fächern an. In Bio und Chemie. Ich schaute sie an und fragte mich, ob noch jemand anders sie bemerkt hatte, ob jemand anders sie gelesen hatte oder über sie nachdachte.

Es gab einen Anschrieb von ihm, der wochenlang an der Tafel stehenblieb, vielleicht sogar einen ganzen Monat. Er stand dort und verfolgte mich regelrecht, ich weiß gar nicht, warum. Aber es tat weh, diese Sätze zu lesen, über sie nachzudenken, sie dort zu sehen, und zugleich wollte ich, dass sie sich als wahr erwiesen, oder wollte wissen, wie ich sie wahr machen konnte. Ich betrachtete sie jeden Tag, bis sie irgendwann weg waren, endlich weggewischt.

Mit blauer Kreide in Großbuchstaben geschrieben, hatten sie die ganze Tafel eingenommen. Ein paar Sätze nur, die schmetterten:

ALLES IST ENERGIE, UND DAS WAR'S SCHON. PASS DICH DER FREQUENZ DER REALITÄT AN, DIE DU WÜNSCHST, UND DU KANNST NICHT UMHIN, DIESE AUCH ZU BEKOMMEN.
ES KANN NICHT ANDERS SEIN.
DAS IST NICHT PHILOSOPHIE,
DAS IST PHYSIK.
Albert Einstein

HOLZLÖFFEL

Bo hatte mich gefragt, was ich in der Schule gern machte, und ich hatte geantwortet: Holzwerken und Physik. Das sei das Einzige, was ich gern machte.

»Immerhin zwei Sachen, die du gern machst«, sagte er.

Holzwerken. Das hatte ich mir als Kunst-Wahlfach ausgesucht. Es gab den Zweig »Theater-Kunst-Musik« und den Zweig »Holzwerken-Technisches Zeichnen«. Ich war das einzige Mädchen in Holzwerken. Mum musste mir einen zweiten Arbeitskittel kaufen, einen grauen. Die waren teuer, denn sie waren aus einem dicken Stoff, der Schutz bot. Schutz vor herumfliegenden Beiteln und glühend heißen Drechselwerkzeugen. Wir benutzten auch große Schutzbrillen, aber die konnten wir ausleihen.

Ich mochte Holzwerken, denn das war etwas, was ich konnte. Etwas, was ich begriff, und ich fühlte mich dabei nicht so verloren. Ich konnte dabei an meinen Grandpa denken und daran, was er mir über Holz beigebracht hatte. Über das Erschaffen von Dingen. Ich konnte daran denken, wie ich ihm früher in seiner Werkstatt in der Garage unter der Wohnung zugeschaut und wie ich ihm geholfen hatte, indem ich ihm die Werkzeuge einzeln reichte. Als ich klein war, hat er mir ein Puppenhaus gebaut. Es hatte sogar eine kleine Toilette, eine geschnitzte, bei der man den Deckel auf- und zuklappen konnte. Es war aus Holzresten gebaut, also aus unterschiedlichen Hölzern in verschiedenen Farben, aber er malte das Ganze an, und dadurch erwachte es zum Leben und sah aus wie ein echtes Haus. Ein großes buntes Familienhaus. Jedes Zimmer hatte eine andere Farbe, und die Küche war leuchtend gelb.

Unser Lehrer in Holzwerken war Mr Forrest, er arbeitete schon sehr lange an unserer Schule. Ich glaube, er wollte eigentlich nicht mehr dort arbeiten. Das sagten alle. Ich weiß nicht, warum er trotzdem noch blieb, aber Holzwerken schien ihm nicht ganz so viel auszumachen.

Wir fingen mit einfachen Sachen an – *einfacher Kasten eins.* Dann *einfacher Kasten zwei.* So sollten wir Mess-, Säge- und Verbindungstechniken lernen. »Zweimal messen, einmal sägen«, sagte Mr Forrest wieder und wieder.

»Zweimal messen!«

Wenn wir die Kästen erfolgreich hinter uns gebracht hatten, durften wir uns interessanteren Aufgaben zuwenden. Einen Salatlöffel schnitzen zum Beispiel. Erst mussten wir das richtige Holz auswählen, und dann durften wir dem Löffel eine beliebige Form geben – mit geschwungenem oder geradem Stiel, wie es uns gefiel.

»Flache Löffel sind robust, aber langweilig, geschwungene Löffel sind interessanter, können aber zerbrechen. Findet einen Mittelweg.«

Er sagte, wir sollten den Löffel einfach auf das Holz zeichnen, aus der freien Hand, und ihn dann genau so schnitzen, die Form erfühlen.

»Denkt nicht darüber nach«, sagte er. Ich zögerte ewig, hielt den Bleistift fest zwischen Daumen und Zeigefinger.

Ich versuchte immer wieder, nicht darüber nachzudenken, wie ein Holzlöffel aussehen sollte. Ich war wie gelähmt. Doch als die Spitze meines weichen Bleistifts schließlich das Holz berührte, zeichnete ich einfach. Ich zeichnete eine Form, fließend wie eine Welle. Und sie sah gut aus, ziemlich gewölbt, aber gut.

Es dauerte ewig, ihn erst auszusägen und dann zu schnitzen, besonders die Löffelschale. Doch allmählich sah er aus wie ein richtiger Löffel, so, wie man sie an den kunsthandwerklichen Ständen auf dem Salamanca Market kaufen kann. Die Farbe des Roten Eukalyptus, den ich ausgewählt hatte, bewegte sich zwischen einem warmen Honiggelb und Orange und war von feinen blonden Linien durchzogen, hell und sauber, und er roch wie der Wald an einem heißen, windigen Tag.

Ich schmirgelte die Kanten rund und glatt, sodass das Holz richtig weich wurde. Der Löffel war wirklich gut geworden, und ich dachte mir, dass er Bo gefallen würde, vielleicht würde er ihn sogar in der Kombüse benutzen, wenn er wiederkam. Er konnte ihn für Suppe und Salat verwenden, ihn auf die *Nella Dan* mitnehmen.

Aber dann zerbrach Mr Forrest ihn.

Es gab einen Biegeversuch. Mr Forrest testete jeden Löffel. Die Löffel bogen sich zwischen seinen Händen, einer nach dem anderen, und meinen brach er durch.

»Nicht robust genug«, sagte er.

Ich schaute die beiden Hälften meines Löffels an. Ich wusste, dass er große Kraft aufgewendet hatte, um ihn zu zerbrechen. Ich hatte gesehen, wie seine Hände sich anspannten.

In jeder Hand eine Löffelhälfte, kehrte ich an meine

Werkbank zurück. Ich gab mir alle Mühe, niemanden mein Gesicht sehen zu lassen, denn ich war sehr rot geworden. Die beiden Hälften in meinen Händen fühlten sich stabil und gut an. Ich war mir sicher, dass mein Löffel gut gewesen war. Aber jetzt war er zu nichts mehr zu gebrauchen. Selbst wenn ich ihn zusammenklebte, würde man ihn nicht benutzen können.

Ich räumte meine Werkbank rasch auf, fegte den Boden, sammelte die Holzspäne in der Kehrschaufel und kippte sie in den Holzeimer. Es läutete. Ich zog meinen Arbeitskittel aus, rollte ihn fest zusammen und steckte ihn in meine Tasche. Ich wollte gerade gehen, da bat mich Mr Forrest, noch einen Moment zu bleiben.

Ich wartete mit meiner Schultasche neben der Werkbank und sah zu, wie alle anderen gingen. Die Holzwerkstatt lag am unteren Ende des Schulgeländes, am Fuß des Hügels, und es dauerte ewig, zu den anderen Klassenzimmern zu gelangen. Ich hatte als Nächstes Englisch, im alten Teil der Schule. Es war nicht so weit weg wie die Labore, trotzdem würde es ein paar Minuten dauern, hinzukommen, auch wenn ich mich beeilte.

Schließlich kam Mr Forrest zu mir herüber. Er legte die Hände auf die Werkbank, schaute nach unten. Er sagte, es tue ihm sehr leid, er habe meinen Löffel nicht zerbrechen wollen, er könne selbst nicht erklären, was geschehen sei.

»Es war ein guter Löffel«, sagte er. »Er war gut. Manchmal habe ich … Es war ein Fehler.«

Es regnete schon wieder. Stetig. Unaufhaltsam. Auf dem Weg zur Englischstunde würde ich tropfnass werden.

»Meine Wäsche hängt seit fünf Tagen auf der Leine«, sagte er.

Ich schaute ihn an, sein Gesicht war müde und erschöpft.

»Ich warte die ganze Zeit darauf, dass es aufhört zu regnen.«

Ich stand da und wusste nicht, was ich tun sollte. Ich schaute auf die Wanduhr – ich war schon spät dran. Ob ich jetzt gehen könne, fragte ich, und er sagte: »Ja, du kannst gehen.«

Am Ende des Trimesters gab mir Mr Forrest ein »Sehr gut« in Holzwerken. Er schrieb: »Ich hoffe, du machst weiter, du hast ein ausgeprägtes Gefühl für Holz.«

LIBANON

Mein Bruder und ich guckten nach der Schule Fernsehen. Ich hatte eine Menge Hausaufgaben zu erledigen, und das lastete auf mir wie immer, aber ich wollte noch nicht damit anfangen. Noch nicht. Ich brauchte ein bisschen Zeit, in der ich gar nichts machte.

Mein Bruder drehte sich zu mir um und fragte mich, wo der Libanon sei. Ich antwortete, das wisse ich nicht.

»Heute ist ein Mann zu uns gekommen und hat über Frieden geredet«, sagte er. »Der kam aus dem Libanon.«

Bei uns an der Schule wurden oft Reden über den Frieden gehalten. Das war es auch mehr oder weniger schon, was ich über das Quäkersein wusste – es gab Minuten der Stille, in denen wir an den Frieden denken sollten, und viel Grau. Graue Uniformen und graue Wände.

Ich stand von der Couch auf und ging zu dem kleinen Bücherschrank, der eigentlich nur ein zwischen Kamin und Wand gequetschtes Regal war. Wir hatten eine zweibändige Ausgabe der *World Book Encyclopedia*. Der Einband war braun und schwarz, womöglich aus Leder, und auf dem Buchrücken stand in goldenen Buchstaben *World Book*. Mum hatte sie in einer Tombola gewonnen, und das traf sich gut, denn ich brauchte sie oft für meine Hausaufgaben.

Ich nahm den Band L–Z vom Regal und ging damit zur Couch zurück. Dann schlug ich den vorderen Teil von L auf.

LIB.

Der Libanon ist eine kleine unabhängige Republik am östlichen Rand des Mittelmeers. Der Name des Landes leitet sich vom Libanon-Gebirge ab, das im Winter schneebedeckt ist. Auf Arabisch heißt das Land LUBNAN. Hauptstadt und größte Stadt des Landes ist Beirut.

Ich las das alles laut vor, und mein Bruder nickte, als wüsste er Bescheid, als erinnerte ich ihn nur an etwas, was ihm entfallen war. Auf einer Landkarte war der Libanon abgebildet: lang und schmal, am Meer gelegen. Ein paar Schwarzweißfotos gab es auch. Eins von einer riesigen Zypresse und eins von einer antiken Ruine mit römisch aussehenden Säulen, die ohne Dach in die Höhe ragten. Es gab ein Foto von einer sauber aussehenden Stadt mit vielen Autos und Fußgängern und Gebäuden, die vor dem Himmel weiß leuchteten. Auf dem Dach von einem der Gebäude standen riesige geschwungene Lettern, die das Wort RIVOLI ergaben.

Die Bildunterschrift lautete: *Place des Canons, Beirut 1969.*

Auf der nächsten Seite war ein weiteres Foto von der Stadt, doch auf diesem gab es keine Autos und keine Fußgänger, und die weißen Gebäude waren verschwunden oder so sehr verändert, dass man nichts wiedererkannte. Rauch stieg aus zerstörten Dächern auf, und alles war geschwärzt oder grau. Die Stadt war in Schutt und Asche gelegt.

Die Bildunterschrift lautete: *Beirut 1982: Operation »Frieden für Galiläa«*.

Ich überflog die restliche Seite, viele Spalten über die vielen Kriege im Libanon. Der Bürgerkrieg und der Krieg gegen Israel und der Krieg gegen die PLO. Mein Bruder hatte aufgehört, sich die Bilder anzuschauen, blickte gar nicht mehr in das Buch, sondern saß zurückgelehnt auf der Couch.

»Niemand kann einen Krieg gewinnen«, sagte er und seufzte. »Das hat der Mann gesagt, deshalb ist er zu uns gekommen. Niemand kann einen Krieg gewinnen, es verlieren alle dabei. Er hat uns Fotos von seiner Familie gezeigt, hat sie herumgehen lassen und uns erzählt, dass keiner von denen mehr lebt.«

Ich klappte das Buch zu und blieb damit sitzen, es lag schwer auf meinem Schoß. Der Fernseher lief noch, aber wir schauten nicht hin. Schließlich stand ich auf und ging zum Bücherschrank. Dort in der Ecke blieb ich stehen, das *World Book* in den Händen, und es war ganz still im Zimmer.

»Bleibt der Mann jetzt hier?«, fragte ich und meinte, für immer. Also ob der Mann für immer in Hobart bleiben würde.

Mein Bruder zuckte nur mit den Achseln. Sein Blick war wieder auf den Fernseher gerichtet, und er dachte nicht mehr an den Mann aus dem Libanon.

Nur ich dachte an ihn.

Die Geschichte war jetzt in mir. Ich wusste, dass ich mich an den Mann erinnern würde, obwohl ich ihn nie gesehen oder gehört hatte. Ich wusste nicht, ob er alt oder jung war, aber ich würde an ihn denken, wie er hier auf dieser Insel lebte, ohne all die Menschen, die er liebte oder auch nur kannte. Hier, so fern von seiner Heimat und mit dem Wissen, dass er niemals an den Ort seiner Erinnerung zurückkehren konnte, weil es ihn nicht mehr gab.

NIMM EIN KITKAT

Höhere Mathematik – mein schwierigstes Fach.

Ich versuchte angestrengt, mich zu konzentrieren, die Aufgaben eine nach der anderen anzugehen, aber sie sprangen mich an und verschwammen vor meinen Augen. Ich spürte den Druck, das Ticken der Uhr. Die Zeit reichte nie. Ich war nicht intelligent genug für höhere Mathematik, und ich wusste nicht, warum ich in diesem Kurs war.

Erst auf der Mitte der Seite.

Hinter mir saß ein Mädchen. Ich kannte sie nicht gut, aber sie tippte mir auf die Schulter. Sie hatte etwas in der Hand – ein KitKat.

»Have a break, have a KitKat«, sagte sie.

Ich wusste nicht, was ich sagen sollte. Als ich zu Mr Anderson hinüberschaute, guckte der geistesabwesend aus dem Fenster, die Finger in seinem gepflegten blonden Bart.

Ich hörte Stuhlbeine scharren. Ein paar Bücher knallten auf meinen Tisch, und das Mädchen setzte sich auf den freien Stuhl neben mir. Mr Anderson schaute herüber, rührte sich aber nicht. Es schien ihm egal zu sein.

»Ich heiße Charly«, sagte sie. »Charly mit y, weil ie blöd ist.«

Sie öffnete die Verpackung eines KitKat, und die Folie blitzte im Sonnenlicht auf, das durchs Fenster hereinfiel.

Ich hörte, wie sie die KitKat-Riegel auseinanderbrach, dann reichte sie mir die eine Hälfte, noch in der Folie.

»Danke.« Ich wollte ihr meinen Namen sagen, aber sie kam mir zuvor: »Ich weiß, wer du bist.«

Ihre hellbraunen Haare waren zottelig, und ihre Augen hatten die Farbe eines verhangenen Himmels.

»Die Damen?«, sagte eine Stimme. Mr Anderson stand vor uns. »Schon fertig?«

»Nein«, sagte Charly lächelnd, »aber fast, und wir brauchen eine Pause. Wir brauchen eine Stärkung!«

Sie sprach das Wort Stärkung langsam und deutlich aus und rollte das r in der Mitte. Ich musste lächeln, fast hätte ich gelacht, doch ich unterdrückte es. Ich hielt den Mund fest geschlossen. Mr Anderson stand einfach nur da.

»Macht eure Aufgaben fertig, und gebt ab, wenn es läutet. Und nicht so laut, bitte.«

»Ja, Sir!«, sagte Charly. Sie begann ihr KitKat zu essen. Und ich meins.

»KitKat ist echt unschlagbar«, sagte sie, und ich nickte. Ich hatte noch nie eins gegessen. Es schmeckte gut. Die Milchschokolade, die Waffel, so ein leichtes Gefühl im Mund.

Charly hatte ihre beiden Riegel gegessen und knüllte die Folie zusammen.

»Hast du's nicht auch manchmal richtig satt?«, fragte sie.

Ich antwortete nicht. Ich war mir nicht sicher, was sie meinte.

»Ich hab es manchmal echt satt. Ich muss unbedingt aus Französisch raus. Ich überlege, ob ich absichtlich die Prüfung in den Sand setzen soll, vielleicht lassen sie mich dann Maschinenschreiben machen.«

»Maschinenschreiben ist gut«, sagte ich. »Und Holzwerken auch.«

»In Holzwerken wäre ich auch gern«, sagte sie. »Wie hast du das denn hingekriegt?«

»Weiß nicht«, sagte ich. »Ich bin halt reingekommen.«

»Ich bin im naturwissenschaftlich-mathematischen Zweig – plus Französisch.« Sie verdrehte die Augen. »Dauernd Mathe, dazu neun Stunden Bio, Physik und Chemie, und das ewige Frühaufstehen – ich hab es echt satt. Das ist alles total überzogen.«

Ich hatte darüber nie nachgedacht. Ich hatte immer alle Aufgaben erledigt, auch wenn das hieß, dass ich bis zwei Uhr nachts aufbleiben musste, um den Anschluss nicht zu verlieren.

»Mr Anderson ist ja okay. Aber stell dir mal vor, Mrs Crawford zum Beispiel würde sagen, ›Macht diese Aufgaben‹, und wir würden einfach nein sagen. Ich meine, was wäre denn das Schlimmste, was passieren könnte? Was könnte sie schon tun? Sie könnte herumbrüllen und auf und ab springen und uns sagen, dass wir es nicht verdienen, an dieser Schule zu sein, aber letztlich könnte sie nichts machen. Warst du schon mal bei den Schulleitern?«

Ich war einmal dort gewesen. Es waren Quäker, und wenn man zu ihnen ging, bekam man Tee und Plätzchen.

»Ich bin da schon tausend Mal hingeschickt worden, und die sagen immer nur, ich soll mich bemühen und versuchen, die Lehrer nicht auf die Palme zu bringen.«

Es gefiel mir, wie sie redete. Dass sie keine Angst hatte.

»Manchmal find ich das alles nur ermüdend«, sagte sie. Und sie sah tatsächlich müde aus, genau wie ich, hatte wie ich Ringe unter den Augen. Wir waren in der siebten

Klasse, erst dreizehn Jahre alt, und waren das alles schon müde.

Ich schaute auf die Wanduhr. Nur noch zehn Minuten. Charly hatte meinen Blick wohl bemerkt.

»Ich bin fertig«, sagte sie. »Schreib bei mir ab, wenn du willst.«

Ich wusste nicht, wie sie die Aufgaben so schnell gelöst hatte. Vielleicht war sie ein Genie, aber ich wollte nicht zurückfallen, deshalb machte ich die restlichen Aufgaben, so schnell ich konnte, während Charly sich mit den Händen hinterm Kopf zurücklehnte und Rebellion ausstrahlte.

FELSEN IM MEER

Mr Wilkins erzählte uns in den fünfundvierzig Minuten unserer Klassenlehrerstunde eine Geschichte, denn es war eiskalt und regnete, und die Freiluftturnhalle hatte zwar ein Betondach, aber der heftige Wind blies den Regen seitlich herein, und das war einfach nichts. Es war ein Tag für drinnen. Ein Tag, an dem alle Kinder versuchten, ein überdachtes Fleckchen zu finden, um ihr Mittagessen zu essen, unter der Markise der Bibliothek oder auf der überdachten Treppe zu den Laboren oder in den Gängen zwischen den Gebäuden.

Es gab viele solche Tage. Antarktische Tage.

Mr Wilkins sagte, wenn wir wollten, werde er uns eine Geschichte über das Meer erzählen. Also blieben wir drinnen.

»Was ist auf See die größte Gefahr?«, fragte er.

»Stürme!«, rief ein Mädchen namens Mary von hinten.

»Falsch.«

»Hohe Wellen?«, fragte Nicholas Perkins.

»Falsch.«

Schweigen.

Niemandem fiel etwas ein, oder sie hatten Angst, so wie ich, etwas Dummes zu sagen. Meine Gedanken drehten sich im Kreis. Ich konnte nicht nachdenken, ich konnte Mr Wilkins nicht anschauen. Ich sah immer nur Dunkelheit vor mir, kaltes, dunkles Wasser. Ich spürte es regelrecht. Ich sank in der Nacht, ganz schwer, wurde hinuntergezogen. Ich dachte daran, wie ich im Dunkeln mit der Fähre zur Schule kam, an die hohen Wellen, die klangen, als könnten sie das Schiff auseinanderreißen. Ich dachte an Öllachen auf dem Wasser – glatt und schillernd, Treibstoff, Diesel. Ich dachte an Feuer. Feuer, das auf dem Wasser brennt. Aber ich sagte nicht *Wasser*, ich machte den Mund auf und sagte: »Land.«

Mr Wilkins sprang von seinem Schreibtisch auf.

»Kluges Mädchen«, sagte er. »Die größte Gefahr auf See ist das Land.«

Unwillige Laute waren zu hören, Stöhnen, ein Ausstoßen von Luft, das bedeutete: *Wie zum Teufel soll man denn darauf kommen?*

»Hört euch einfach die Geschichte an«, sagte Mr Wilkins.

Der Wind pfiff unter der Tür hindurch und durch die Spalte in den alten Fensterrahmen, ja es fühlte sich an, als käme er direkt durch das dünne alte Glas. Der Wind fuhr uns ins Haar, und wir zogen unsere grauen Blazer fester um uns, während Mr Wilkins sich auf die Kante seines Schreibtischs setzte und erzählte, wie er die Kälte Tasmaniens hinter sich gelassen hatte und mit seiner Jacht der strahlenden Sonne entgegengesegelt war.

»Meine Freundin und ich wollten nie mehr zurückkommen«, sagte er.

Sie hätten tropische Inseln und die lange Küste von Südamerika gesehen. Am Strand Kokosnüsse gesammelt und sie mit dem Schraubenzieher geöffnet. Sie hätten Krabben gegessen, so groß wie kleine Tische, und aus rohem Zuckerrohr gepressten Saft getrunken, und alles war in Sonnenlicht gebadet, rein und warm und funkelnd – das Meer rief, weiter, immer weiter. Auf der anderen Seite wartete die Karibik.

Während der langen Wartezeit am Panamakanal überragten Supertanker ihre winzige Jacht, Kühlschiffe, die Riesen des Meeres, die Waren rund um den Globus transportierten. Unglaubliche Schiffe, groß wie Inseln, bemannt mit Hunderten von Menschen, die Tag und Nacht arbeiteten, unablässig die Welt umrundeten, nirgendwo länger blieben. Immer in Bewegung. Die Erde drehte sich weiter.

Endlich, um vier Uhr früh, kamen sie an die Reihe, begannen im Dunkeln die Folge von Schleusen zu passieren. Ein Lotse kam an Bord, freundlich, lustig. Und zwei Matrosen, die auf Deck schliefen. Dann waren sie durch. Auf der anderen Seite. Sie hatten den Pazifik verlassen und waren jetzt auf dem Atlantik. Leuchtend grünes Wasser. Weißer Sand. Paradiesisch.

Sie fuhren langsamer, wollten die nächsten Monate, so lange es eben dauern würde, zwischen den Hunderten von Inseln kreuzen. Ohne Eile, sie waren jetzt da, wo sie hingewollt hatten. Sie ließen alles auf sich wirken.

Und dann, als am Horizont bei genauem Hinsehen schon Kuba als dunkle Form zu erkennen war, machte er seiner Freundin aus einer Laune heraus einen Heiratsantrag. Es war nicht geplant. Er hatte nie heiraten wollen. Eigentlich war es dumm. Es ging ihnen gut, so wie alles war. Sie waren glücklich, und die Sonne schien auf sie herunter. Aber er tat es, er nahm sie in die Arme und sagte: *Ich möchte dich heiraten*. Und sie sagte: *Ja*.

Sie tranken in der Sonne eine Flasche Champagner, die

ein Freund ihnen geschenkt hatte, bevor sie ablegten und den Derwent hinunterfuhren. Ewig war das her – ein ganzes Leben. Es war eine andere Welt gewesen.

Es wurde Nacht, und sie hielten langsam auf Kuba zu. Stetig. Seine Freundin ging schlafen, aber er blieb auf und überprüfte alle Viertelstunde den Kurs, wobei er wusste, dass sie in die richtige Richtung fuhren, genau dahin, wo sie hinwollten. Der Weg war frei. Er stellte sich den Wecker auf einen Intervall von einer Viertelstunde, für den Fall, dass er einschlief.

»Ich bin von einem grässlichen kreischenden Geräusch aufgewacht«, erzählte Mr Wilkins.

Sie hatten nicht mal genug Zeit, um ihre Schwimmwesten anzulegen, so schnell sank die Jacht. Innerhalb von zwanzig Sekunden waren sie im Wasser. Im Wasser, im Dunkeln. Komplette Dunkelheit, bis auf die Sterne über ihnen. Aber sie konnten stehen. Sie standen auf einem Riff, doch sehen konnten sie nichts.

Sie klammerten sich aneinander fest, dort im Dunkeln, um sie herum wirbelte und wogte das Wasser, und sie blieben stehen, ohne ein Wort zu sagen, klammerten sich bloß aneinander fest und versuchten, die Füße auf dem Fels zu halten – auf diesem Riff, diesem Stück festem Boden. Kurz vor Sonnenaufgang, nach einer endlos langen Nacht, sahen sie Land, nur fünfzig Meter entfernt. Sie folgten dem Riff bis zu der kleinen Insel. Ein Inselchen, nicht mehr als eine Sandbank, aber Land.

Ihre Jacht lag in nur zehn Metern Tiefe, sie war fast entzweigebrochen, aber sie war da. Es gelang ihm, Wasserflaschen, den Erste-Hilfe-Kasten und die Leuchtsignale aus der beschädigten Kabine zu holen, und seine Freundin und er setzten sich in den Sand und schossen die Leuchtsignale ab. Dann warteten sie, und jetzt klammerten sie sich nicht mehr aneinander fest.

Sie wussten, dass es vorbei war.

Nach ihrer Rettung flog seine Freundin nach Los Angeles, und er reiste durch Südamerika. Sie sahen sich fünf Monate nicht. Und als sie sich dann wiedertrafen, waren sie wie Fremde füreinander. Als sie sich wiedertrafen, war nichts mehr da. Es war, als wäre das alles zwei anderen Menschen passiert, als wäre es ein Film gewesen, den sie im Flugzeug gesehen hätten. Schnell vergessen – in der Zeit verloren.

Es läutete, und ich saß in einem alten Schulgebäude. Hobart. Tasmanien. Ich spürte den Wind und die Kälte wieder, und es war Zeit, aufzustehen und in meine nächste Stunde zu gehen. Höhere Mathematik.

»Nur ein verrückter Traum«, sagte Mr Wilkins leise.

Ein Traum.

HOTDOGS

Im Haus war es still. Im Haus war es dunkel. Ich stand im Flur und horchte nach dem Fernseher.

»Hallo?«, sagte ich.

Mein Bruder saß im Wohnzimmer auf der Couch, er saß einfach nur da im trüben Licht.

»Was ist denn los?«, fragte ich.

Er sagte nichts.

Ich ließ meine schwere Schultasche von der Schulter rutschen, und sie rumste auf den Boden.

»Ist der Fernseher kaputt?«

Er schüttelte den Kopf, dann stand er von der Couch auf und tappte in Mums Zimmer. Es ging vom Wohnzimmer ab und war gerade mal groß genug für ihr Bett. Fenster hatte es keine, nur vier Wände und einen kleinen Einbauschrank.

Ich sah, wie mein Bruder die Schranktür aufmachte und den weißen Holzkasten herausnahm, in dem Mum ihre besondere Fünfzig-Cent-Sammlung aufbewahrte. Die Farbe war hier und da abgestoßen, an den Ecken und an der Seite, und das Holz, das so zum Vorschein kam, war dunkel und warm und rot. Die Münzen rutschten über den Boden des Kastens und stießen gegen die Wände.

»Ich wollte das nicht«, sagte mein Bruder und reichte mir

den Kasten. Es sah aus, als würde er gleich weinen, oder vielleicht hatte er schon geweint – seine Wangen waren leicht gerötet, leicht verschwollen.

Ich öffnete den Verschluss und klappte den Deckel hoch. Neun Münzen lagen im Kasten. Neun silberne Fünfzig-Cent-Münzen. Es hätten dreiundfünfzig sein sollen. Ich hatte sie oft gezählt. Ich wusste, dass sie zusammen 26,50 Dollar ergaben, aber Mum hatte gesagt, irgendwann würden sie mehr wert sein. Die Münze von 1966 sei jetzt bereits 11 Dollar wert, denn 1966 sei das erste Jahr gewesen, in dem es diese Münzen gab. Aber sie wollte sie nicht verkaufen. Sie wollte die Münzen alle behalten, bis sie ihren höchsten Wert erreicht hatten.

Ich schaute meinen Bruder an.

»Ich wäre fast überfahren worden, als ich aus dem Bus gestiegen bin«, sagte er.

Ich machte den Mund auf, aber er redete weiter.

»Nicht heute. Vor einer Weile. Ich bin ausgestiegen und hinter den Bus gegangen, und da kam ein Auto angerast und hat meine Schultasche gestreift. Ich bin nach Hause gerannt, aber es war niemand da, und es gab auch kein Brot oder sonst irgendwas zum Essen, und ich musste an all die Münzen denken, denn in dem Laden neben der Bushaltestelle kosten die Hotdogs nur fünfundneunzig Cent.«

Er verstummte, biss sich auf die Unterlippe.

Dreiundfünfzig Münzen.

Neun waren übrig.

Das machte zweiundzwanzig Hotdogs.

Ich fragte mich, was er mit all den herausgegebenen Fünf-Cent-Stücken gemacht hatte. Zusammen hätten sie für einen weiteren Hotdog gereicht.

Dreiundzwanzig Hotdogs.

»Ich musste dauernd daran denken«, sagte er.

Er erzählte mir, die Frau im Laden habe es komisch gefunden, dass er plötzlich nach der Schule Hotdogs kaufte, wo wir doch nie Geld hatten, aber sie habe ihn trotzdem bedient. Wenn er dann ging, habe sie ihn immer durchs Fenster beobachtet, und er habe sich hinterm Haus versteckt und ganz schnell gegessen.

»Aber ich kann mich nicht erinnern, so viele genommen zu haben«, sagte er.

Er blinzelte.

»Ich hatte einfach solchen Hunger.«

Dagegen konnte ich nichts einwenden. Ich hatte auch oft Hunger.

Ich schaute auf die Münzen im Kasten und nahm ein paar heraus. Die von 1966 war nicht mehr dabei. Ich klappte den Deckel wieder zu.

»Was machen wir denn jetzt?«, fragte mein Bruder.

Ich wusste nicht, wann Mum nach Hause kommen würde. Sie war an der Uni, vielleicht in der Bibliothek. Manchmal kam sie erst spät zurück.

»Vielleicht bemerkt sie es ja nicht«, sagte ich.

Früher hatte Mum jeden Tag ihr Kleingeld nach sammelbaren Fünfzig-Cent-Münzen durchgeguckt, wie der zu den Commonwealth Games 1986 zum Beispiel oder der zur königlichen Hochzeit 1981, aber das hatte sie jetzt schon ewig nicht mehr gemacht. Ich ging in Mums Zimmer und schob den Kasten unter einen Stapel Betttücher und Kissenbezüge auf dem Schrankboden.

»Wir sagen ihr einfach nichts«, beschloss ich.

Ich sagte meinem Bruder, er könne jetzt keine Hotdogs

mehr kaufen, aber ich würde ihm zeigen, wie er mit heißem Wasser aus dem Kocher Instant-Nudeln machen konnte, wenn er nicht warten wollte, bis ich nach Hause kam. Dann müsse er sich nicht an die Herdplatte wagen.

»Und wenn Mum in den Kasten guckt?«, fragte er. »Und wenn sie dann weggeht?«

Manchmal hatte Mum »die Nase voll« von uns – wenn wir die Haustür aufgelassen hatten, sodass die ganze Wärme rausging, oder wenn wir darum zankten, was wir im Fernsehen angucken wollten oder wer die Kruste vom Weißbrot bekam, wenn es überbackenen Toast gab, denn die war am leckersten und wurde im Grill ganz knusprig. Dann schnappte sich Mum ihren Schlüssel, knallte die Tür hinter sich zu und fuhr weg. Ich weiß nicht, wohin sie fuhr, manchmal war sie lange weg. Mein Bruder fragte mich dann immer wieder, ob sie zurückkommen würde.

»Glaubst du, sie kommt zurück?« Er konnte nicht schlafen, bis er hörte, wie sich ihr Schlüssel im Schloss drehte. Dann stand er auf, ging in den Wintergarten und sagte, es tue ihm leid – dass wir gezankt hatten oder die Wäsche auf der Leine hatten hängen lassen oder was immer wir eben falsch gemacht hatten.

Ich hörte ihn da draußen, sein leises Stimmchen, und dann hörte ich Mum sagen: »Das ist schon in Ordnung, Schatz«, vielleicht strich sie ihm übers Haar, und er saß eine Weile bei ihr, bis sie ihn wieder ins Bett schickte.

Und ich lag unterdessen da und schaute in die kalte Nacht hinaus und dachte: Das sollte uns alles nicht leidtun müssen. Uns sollte nie etwas leidtun müssen.

»Was machen wir, wenn sie merkt, dass ich die Münzen ausgegeben habe?«

Aber Mum sagte nie etwas dazu. Vielleicht hörte sie auf, Fünfzig-Cent-Münzen zu sammeln – oder vielleicht vergaß sie den Kasten einfach. Die Hotdogs wurden zu einer Erinnerung, einer Geschichte, die wir beide kannten, aber lieber vergaßen.

Bornholm

Juni 1987

Mein Zuhause
Keine Zäune
Auf der einen Seite Wald, auf der anderen – das Meer
Die Rehe im Garten
Fressen die Rosen meiner Großmutter
Fressen die Beeren der Torfmyrte
Ruhen sich aus unter den Büschen.

Ich versuche, nah heranzugehen
Sie zu berühren
Aber sie sehen mich
Und fliehen.

Mein Zuhause
Keine Zäune
Der Wald und das Meer

Es gibt jetzt viel zu tun. Zu erledigen.

Ich ziehe eilig das Ruderboot auf den Strand hoch. Es ist schwer für mich allein im nassen Sand, und ich brauche eine Weile. Die Farbe beginnt abzublättern. Ich werde es abschmirgeln und neu streichen müssen, aber dafür habe ich jetzt keine Zeit. Keine Zeit. Es muss warten.

Orange und himmelblau. Orange für mich und blau für meinen Vater. So, wie es immer war.

Ich bin noch klein. Ich weiß nicht, wie alt, aber es ist die Zeit – der Sommer geht zu Ende.

Mein Vater und ich ziehen das Ruderboot auf den Strand. *Er* zieht es. Ich denke, dass ich ihm helfe, meine kleinen Hände versuchen, fest zuzupacken, meine Füße arbeiten sich im schweren Sand voran. Ich höre meinen Vater atmen. Er ist stark, und für ihn ist das leicht; trotzdem höre ich, dass er sich ein kleines bisschen anstrengen muss.

Wir schaffen das Boot an einen sicheren Platz, ein ganzes Stück oberhalb des Wassers, wo das harte, scharfe Gras anfängt. Hier ist der Sand trocken, locker und weich wie Staub. Ich sehe zu, wie mein Vater das Boot umdreht – der dunkle, glänzende Boden ist noch in Ordnung. Er wird den Winter überstehen, dieses Jahr müssen wir ihn nicht teeren.

Das ist gut. Streichen kann ich besser. Wir streichen das Boot immer am Anfang des Sommers – orange und himmelblau. Die beiden Farben, die es immer hatte und immer haben wird.

Ich male den orangen Streifen oben am Rand, und mein Vater streicht den Rest himmelblau. »Ein neuer Anstrich macht das Boot richtig glücklich – siehst du, wie es lächelt? Wieder wie neu.«

So läuten wir den Sommer ein und machen uns bereit.

»Geh die Ruder holen«, sagt mein Vater, und ich laufe ans Wasser. Ich hebe die massiven Holzruder hoch, die mein Großvater von Hand gemacht hat. Seine Initialen sind ins Holz geschnitzt: H. J. Er war Fischer. Ich habe ihn nicht mehr kennengelernt, aber er ist hier. Ich trage die Ruder, die er gemacht hat. Mein Großvater.

Ich klemme mir die Ruder unter die Arme, schleife sie hinter mir her. Ich höre, wie sie Linien in den Sand ziehen, Linien, die das auflaufende Wasser bald wegwischen wird – meine harte Arbeit wird keine Spuren hinterlassen.

Mein Vater hat das Boot gesichert. Er wartet.

»Was hast du denn so lange gemacht?«, fragt er, aber er lächelt dabei. Es ist scherzhaft gemeint. Er nimmt mir die Ruder ab und trägt sie so, dass sie nicht über den Boden schleifen. Er trägt sie mühelos, als wären es nur Stöcke. Wir laufen zusammen zum Haus, wo der Holzofen brennt und meine Großmutter irgendetwas Warmes, Feines kocht. Vielleicht Schweinebraten mit Rotkohl, vielleicht auch etwas anderes. Ich weiß es nicht, aber ich habe jetzt Hunger – der Tag ist im Nu verflogen.

Morgen wird mein Vater an Bord seines Schiffs gehen, und dann ist er weg.

Ich schaue zurück zu unserem umgedrehten Ruderboot, oberhalb und fern vom Meer. Bald wird es von Schnee bedeckt sein, der dunkle Himmel wird tief hängen, fast den Boden berühren, und das Boot wird ganz allein darauf warten, dass wieder Sommer wird. Darauf warten, dass die lange Nacht vorübergeht.

Kopenhagen
Juli 1987

Ich sitze in einer Bar, einer schönen mit Kerzenlicht und dunklem Holz und vielen Gästen. Draußen senkt sich die Nacht herab. Über mir eilige Schritte, die Straßenlampen – Einkaufstüten, Abendessen, Zuhause.

In der Bar läuft *Heart of Gold*.

Eine Gruppe junger Männer in der Ecke singt mit, fröhlich betrunken. Es ist ihr Song. Ich trinke mein Bier, mein Herz schlägt schnell. Die Mundharmonika setzt ein, die Gitarre spielt den Rhythmus, immer weiter, dann kommt wieder der Refrain.

Wenn ich die Augen zumache, kann ich Sören mitsingen hören. Laut und falsch. Von Herzen.

Ich rauche eine Zigarette. Hole mir noch ein Bier. Ein anderes Lied beginnt. Die Nacht schreitet voran. Leute gesellen sich zu mir, Leute ziehen weiter. Aber dieses Lied bleibt. Neil Young. Es erklingt in meinen Träumen, ich wache auf und summe es, ich wünschte, ich hätte es nie gehört.

Die ganzen vier Tage, die wir in Kopenhagen sind, geht es mir nicht mehr aus dem Kopf. Ich höre es in Endlosschleife, während ich herumlaufe. Auf die Abfahrt warte. Kopenhagen, nicht Aalborg.

Kopenhagen.

Es ist schön hier, draußen auf der Straße, und wenn man hochschaut, sieht man all die Türme und Türmchen und

Turmspitzen – und hoch oben goldene und grüne Drachen. Die Vergangenheit.

Wie in einem Traum laufe ich durch die Straßen. Durch den Hafen. In großen Kreisen laufe ich durch diese Stadt.

»Das Fleischerviertel«, hat er gesagt. »Das wird mal das Szene-Viertel.«

Seine Stadt. Sein Traum. Und jetzt nur ich.

Meine Schritte hallen in diesen alten Straßen wider. Das Pflaster ist glitschig vom Regen, aber das macht mir nichts. Ich laufe immer weiter, damit ich weiß, dass ich hier bin, dass es mich gibt.

Ich laufe und laufe.

Kopenhagen.

Die *Nella Dan* erwartet mich.

Man macht sie zu seinem Zuhause. Man hat nichts anderes – es gibt nichts anderes.

Eine Koje – eine Koje am Schott. Eine Daunendecke, ein Kissen. Ein kleiner Tisch, ein Stuhl, ein Bullauge. Ein Schrank mit kleinen Kleiderbügeln darin. Ein Zuhause.

Man wird es warm haben, behaglich. Man wird schlafen wie ein Säugling. Man wird müde sein und schlafen – das Dröhnen der Maschinen laut, aber konstant und warm.

Konstant.

Wenn es sich verändert, dieses Geräusch, erwacht man. Man öffnet die Augen, steht auf. Man schaut aus dem Bullauge. Vielleicht sieht man Eis. Man denkt: *Ja, wir sind langsamer geworden. Wir haben das Packeis erreicht,* und das grelle Weiß des Lichts wird einen blenden. Man wird blinzeln, sich an diese eigenartige Landschaft gewöhnen.

Vielleicht schaut man eine Weile gebannt hinaus. Vielleicht sieht man eine Weddellrobbe, einen Adeliepinguin, das schwarze Wasser zwischen den Eisschollen. Man denkt: *Gut. Jetzt leg dich wieder hin. Es ist zwei Uhr morgens. Bald musst du aufstehen. Leg dich wieder hin.*

Man legt sich in seine Koje – das Schiff brummt, vibriert, ganz gleichmäßig. Man lauscht den Maschinen, dem Geräusch des durchs Eis brechenden Rumpfs. Dieses Geräusch wird man nie vergessen. Man wird sich sein Leben lang daran erinnern – an dieses Klirren, Scharren, die Schärfe.

Man denkt: *Braves Schiff. Braves Mädchen, du schaffst das.* Man legt die Hand aufs Schott, weiß seinen eigenen Körper vom Schiffskörper umgeben. Man fühlt sich sicher. Es ist warm. Man wird zum Geräusch der Maschinen einschlafen und denken: *Das ist mein Zuhause, das einzige Zuhause, das ich brauche, und ich will hier nie mehr weg.*

DAS KLEINE ROTE SCHIFF

Sie nannten es das kleine rote Schiff, aber es war groß. Es war riesig.

Am Kai festgemacht, drängte es gegen die Gummireifen, die als Puffer am alten Holz des Anlegers angebracht waren. Schillernde Ölmuster auf der Oberfläche des dunklen, dumpfigen Wassers.

Von hier aus konnte man ganz Hobart sehen, wie es sich über den Fluss erhob, man sah die Stadt, die Häuser, die sich die steilen Hänge hinaufzogen, den Berg, der sein Gesicht hinter Wolken verbarg.

Und wir standen ganz unten, meine Mutter, mein Bruder und ich.

Standen da und winkten.

Denn das kleine rote Schiff war zurückgekommen, und diesmal würde es bleiben.

Zumindest den Sommer über.

SEE-ELCH

Bo sagte, ich solle mich zu Leo in die rote Sitznische setzen. Zum großen Leo mit dem blonden Bart.

Ich setzte mich. Es roch irgendwie fischig – ein starker, aufdringlicher, fauliger Geruch. Auf dem Tisch vor mir Leos belegtes Brot. Schwarzbrot mit schleimigem grauem Fisch drauf, dessen silberne Haut feucht glänzte. Eingelegt. Leo nahm einen großen Bissen davon. Etwas Soße blieb in seinem Schnurrbart hängen. Er zwinkerte mir zu, hielt mir das Fischbrot unter die Nase.

»Mal probieren?«, fragte er grinsend.

Ich schüttelte den Kopf und versuchte, nicht zu atmen. Er wischte sich mit der Hand den Schnurrbart ab und aß den Rest seines Brots in zwei Happen. Eins. Zwei. Weg.

Bo kam und stellte mir mein Brot hin, es war mit Havarti-Käse belegt, aber der Fischgeruch hing noch in der Luft und in meiner Nase. Ich konnte ihn sogar schmecken. Leo sah mir beim Essen zu.

»Wir essen jeden Tag Hering«, sagte er. »Jeden Tag. Der macht uns stark«, und er spannte seinen Bizeps an. Sein Arm war wie ein goldener Baumstamm.

Er nahm eine Bierflasche und machte sie an der Tischkante auf – plopp! Der Deckel flog durch die Kombüse und landete auf dem Boden.

»Skål«, sagte er, hob die Flasche und nahm einen großen Schluck.

Ich biss von meinem Brot ab.

»Ich backe gutes Brot«, sagte Leo.

Das stimmte. Er buk gutes Brot. Solches Brot hatte ich noch nie zuvor gegessen. Auf dem Schiff roch es immer nach warmem Brot. Nach Brot und nach irgendetwas, was im Ofen schmorte. Nach geschmolzener Butter. Nach Diesel. Nach den heißen, geschmierten Maschinen.

»So«, sagte Leo. »Ihr habt also Ferien?«

Ich nickte.

»Ich fand Ferien immer toll. Ewig lang keine Schule, so kam es mir immer vor, aber dann war es plötzlich doch wieder so weit. Die Schule ging los!« Er trank noch einen Schluck Bier.

Ich nickte wieder. Ich wollte Leo nicht erzählen, dass ich mich in den Ferien ab und an ein bisschen langweilte und nicht wusste, was ich tun sollte. Ich hatte nie Geld, und manchmal war ich auch ein bisschen einsam. Ich lief viel herum.

Ich schaute zu Bo hinüber. Er machte gerade Abendessen für die Besatzung, einen kleinen Rinderbraten. Gut sah der aus.

»Ich habe in der Schule immer Comics gezeichnet«, sagte Leo. »Und ständig Ärger gekriegt!«

Er zog etwas aus der Tasche. Ein kleines Notizheft. Er schob es mir zu, schlug es auf und drehte es um, sodass ich es richtig anschauen konnte.

»Unser nächstes T-Shirt«, sagte er.

Eine Zeichnung von der *Nella Dan*, die ein Schleppnetz hinter sich herzog, und in dem Schleppnetz befand sich ein Elch mit einer Sonnenbrille und einem großen Geweih. Der Elch guckte sehr erstaunt durch ein Loch im Netz, und darunter stand: *ELCHJAGD 1987*.

Ich lächelte, als ich die Zeichnung sah. Ich lächelte Leo an, aber der betrachtete mich jetzt sehr ernst, mit regloser Miene.

»Das ist kein Witz«, sagte er. »Es geht um den Schutz des seltenen See-Elchs. Man weiß nie, wann man mal einem begegnet.«

Er leerte sein Bier und stand auf, plötzlich ein Riese, sein Kopf stieß fast an die Decke.

»Na dann, bis bald, kleine Elchjägerin«, sagte er und zwinkerte mir zu. Er steckte sein Notizbuch wieder ein, dann sagte er etwas auf Dänisch zu Bo, rief »Eeeeeeelch!« und verließ die Kombüse.

Bo schob den Braten in den Ofen und wischte sich die Hände an einem Geschirrtuch ab.

»Die können sich selbst bedienen, wenn der fertig ist.«

Das Schiff war fast leer. Alle waren unterwegs, bei Freunden oder chinesisch essen oder spazieren, oder sie fuhren herum oder lagen irgendwo in der Sonne.

»Komm, wir laufen ein bisschen«, sagte Bo.

Wir liefen. Durch den St. David's Park hinauf zum Stadtrand, wo die Berge begannen. Wir nahmen den direkten Weg, die steile, fast senkrechte Strecke die Molle Street hoch, wo sich die Häuser an der Straßenseite festklammerten und seltsam aussahen, irgendwie unnatürlich, die eine Seite höher als die andere, der Bürgersteig in einem 45-Grad-Winkel zur Eingangstür. Alte Steinhäuser, nach vorn geneigt.

»Das nenne ich Hügel!«, keuchte Bo, ganz außer Atem.

»Ich hasse die Hügel«, sagte ich. Sie machten mich müde, und meine Beine taten mir weh. Der Wind fegte durch die Straßen, Wind vom Meer und ein kalter Wind vom Berg.

»Dabei hast du Glück«, sagte Bo, als wir fast oben waren. »Hügel sind nämlich was Gutes.«

Wir blieben stehen, schnappten nach Luft. Bo schaute auf die Stadt hinunter.

»Von oben kann man alles sehen.«

Ich schaute hinunter. Es war eine steinerne Stadt. Alter Stein, vor langer Zeit aus dem Berg gegraben und jetzt wie eine Festung.

Als wir die Stadt aus dieser Entfernung betrachteten, vom oberen Ende West Hobarts auf die schmalen Treppen hinunterblickten, auf denen ich jeden Tag unterwegs war, schien es, als gäbe es hier oben keine Zeit. Als wäre die Stadt erstarrt – reglos – der Anblick fast genauso, wie er vor hundert Jahren gewesen sein musste.

Die gleichen Häuser.

Der gleiche Straßenverlauf.

Nur der Rauch aus den Schornsteinen bewegte sich, stieg auf.

Ein Hund bellte, ein Auto fuhr vorbei. Kleine Bewegungen – kleine Dinge, kaum wahrnehmbar im großen Zusammenhang der Zeit. Sie hinterließen keine Spuren.

Und alles andere war statisch – stand still.

Was die Menschen an Traurigkeit hinterlassen hatten, war nie getilgt worden.

Weder durch Feuer noch durch Wasser.

Weder durch Erdbeben noch durch Zerstörung.

Es war alles noch da, abwartend und schwer.

Die alte steinerne Stadt stand still, und wir waren alle in ihr gefangen.

»Ich laufe gern«, sagte Bo.

MS *Nella Dan*
2. Fahrt, Saison 1987/88
8. Oktober 1987
Position: 56° 52.100' S, 125° 24.100' O
Anmerkung des Kapitäns: Unterwegs nach Davis zwecks Personalwechsel und Nachversorgung.

Die Sonne scheint durch das Bullauge herein, berührt mein Gesicht, meine Haut. Ich bleibe einen Augenblick stehen, rühre mich nicht. Ich schließe die Augen.

Ich weiß, dass es draußen kalt ist, die Luft eisig. Aber hier in der Kombüse, in die das Licht hereinströmt, kann ich mir vorstellen, dass wir an irgendeinem warmen Ort sind.

Ich bin zu Hause auf meiner Insel, und es ist Sommer.

Nach dem Mittagessen hatte ich genug Zeit, um einen Kuchen zu backen. Der Biskuitboden kühlt jetzt auf dem Kuchengitter aus. Ich muss noch die Marmelade daraufstreichen und die Sahne schlagen, und dann setze ich mich vielleicht ein Weilchen aufs Trawldeck.

Erik schaut sich in der Messe der Expeditionsteilnehmer einen Film an, irgendeine amerikanische Komödie, und ab und zu höre ich ihn schallend lachen. Ich muss lächeln, wenn ich das höre. Nach dem Mittagessen, wenn alle fort sind, guckt er sich immer ein Video an. Er sagt, er könne in seiner Pause nicht schlafen.

»Da werde ich nur noch müder, wenn ich eine Stunde lang in meiner Koje liege und Jonas beim Schlafen zuhöre«, sagt er. »Außerdem mag ich Filme. Die geben mir das Gefühl, dass ich mit der Welt da draußen noch verbunden bin.«

Wir haben einen ganzen Stapel Videos dabei, und die Expeditionsteilnehmer schauen sich meistens nach dem Abendessen eines an. Alles Mögliche: Horrorfilme, Actionfilme, James Bond.

Manchmal leiste ich ihnen abends ein paar Minuten Gesellschaft, aber ich kann mich nie konzentrieren. Ich bin kein Filmegucker.

Erik kommt in die Kombüse.

»Film zu Ende?«, frage ich. Er schüttelt den Kopf, deutet mit einem Kopfnicken auf die Ausgabetheke zur Messe. Ich stecke den Kopf hinaus. In der Messe steht ein Expeditionsteilnehmer.

»Hallo«, sage ich. »Haben Sie das Mittagessen verpasst?«

Er dreht sich zu mir um, sieht etwas bleich aus.

»Seekrank?«, frage ich.

»Nein«, sagt er. »Alles in Ordnung.«

Er kommt an die Theke.

»Sie kommen gerade rechtzeitig für ein Stück Kuchen.«

Ich gieße Sahne in eine Metallschüssel und beginne, sie mit dem Schneebesen zu schlagen. Ich schaue zu Erik hinüber, der es sich in der roten Sitznische bequem gemacht hat, die Beine auf dem Tisch. Ich sage ihm, dass er frischen Kaffee aufsetzen soll.

»Kaffee?«, frage ich. »Tee?«

»Ein Tee wäre prima«, sagt der Mann. »Ich heiße Robert. Rob.«

Ich unterbreche das Sahneschlagen und gebe ihm die Hand.

»Bo«, sage ich.

Er setzt sich auf einen der Hocker. Er hat schwarze Haare und braune Augen, ist wohl um die dreißig.

Erik bringt eine Tasse herüber, in der noch der Teebeutel hängt, und ein Kännchen Milch.

»Erik hat gerade ein Video geguckt. Hätten Sie was dagegen, wenn er sich das noch fertig ansieht?«

»Oh – nein, natürlich nicht. Tut mir leid, dass ich da reingeplatzt bin.«

Erik grinst. »Es sind nur noch zehn Minuten.«

Ich schlage weiter. Das habe ich schon immer gern gemacht, die Sahne von Hand steif schlagen, aus eigener Kraft, mit Geschick und lockerem Handgelenk.

»Das können Sie gut«, sagt Rob.

Ich nicke, und im Nu bin ich fertig. Die Sahne ist so weit.

Ich verstreiche etwas rote Johannisbeermarmelade auf dem Biskuitboden und löffele die Sahne darauf. Rob nimmt den Teebeutel aus der Tasse und legt ihn auf den Unterteller.

»Zucker?«, frage ich, doch er schüttelt den Kopf.

Ich schneide den Kuchen auf – zwei Stücke, zwei Teller. Rob nippt an seinem Tee. Er betrachtet sein Stück Kuchen.

»Meine Frau hat heute Geburtstag«, sagt er.

»Oh«, sage ich.

Rob lächelt, aber es wirkt angestrengt, und seine Augen sind klein. Er nimmt eine Gabel voll Kuchen, schluckt.

»Rufen Sie oft zu Hause an?«, fragt er mich.

»Nein«, sage ich. »Vom Schiff aus ist das sehr teuer, da würde nicht viel von meinem Lohn übrig bleiben. Satellitentelefon.«

Er nickt, trinkt noch einen Schluck Tee.

»Manchmal ist es gar nicht gut, wenn man telefoniert«, sagt er und schaut mich an. »Mit diesen Verzögerungen und der knappen Zeit und so.«

»Manchmal ist ein Brief die bessere Lösung.«

»Ja.« Er isst noch etwas Kuchen.

Ich höre Erik wieder über den Film lachen. Ich schüttele den Kopf und verdrehe die Augen. Rob lächelt.

»Ich dachte, ich rufe sie zum Geburtstag an, aber es hat sie nur aufgeregt, und ich konnte sie kaum verstehen.«

Ich probiere meinen Kuchen. Die Marmelade ist nicht so süß, schmeckt nach dem Sommer zu Hause. Nicht zu süß – genau richtig. Ich wische mir den Mund ab.

»Ich habe mal von einem alten Hasen einen guten Rat bekommen. Ich glaube, er hatte drei Winter auf der Casey Station verbracht. Er hat gesagt, wenn man zu Hause anruft, soll man als Erstes fragen, wie es den Daheimgebliebenen geht. Sie fragen: Was habt ihr denn heute gemacht, erzählt mal. Und dann einfach zuhören. Man hat nur ein, zwei Minuten bei so einem Satellitengespräch, und man ist an einem aufregenden Ort und hat viel zu erzählen – von Pinguinen und Schneestürmen und Eisbergen –, aber die anderen sind zu Hause und bewältigen den Alltag, müssen alles am Laufen halten. Sie bringen ein Opfer, damit man selbst hier sein kann. Also sollte man zuerst fragen, wie es ihnen geht.«

Rob schaut auf sein letztes Stückchen Kuchen hinunter.

»Ich werde versuchen, daran zu denken«, sagt er.

»Noch ein Stück?«, frage ich, aber er hebt dankend die Hand.

Erik kommt herein. »Das war ein guter Film«, sagt er.

Rob steht auf. »Danke für den Kuchen.« Er sieht jetzt besser aus, nicht mehr so bleich.

»Immer gern.«

Ich nehme die Teller und seine Tasse und räume alles in die Spülmaschine. Dann bleibe ich stehen, schaue aus dem Bullauge. Ich denke daran, wie mein Vater früher von irgendwelchen Häfen aus angerufen hat, aus Melbourne, aus Norwegen, aus Hull. Er erzählte mir von Albatrossen und von Walen, vom Leben auf dem Schiff und vom Treiben der Besatzung.

Erstaunliche Geschichten, ich fand sie toll. Aber die Zeit verging wie im Flug, und schon musste er wieder aufhören. »Sei brav zu deiner Großmutter«, sagte er, und dann war die Leitung tot.

Und ich stand da mit dem Hörer in der Hand und hielt ihn mir noch lange ans Ohr.

»Papa?«, sagte ich. »Papa?«, denn ich hatte ihm immer so viel zu erzählen. Es gab so viel, was ich ihm sagen wollte.

Doch die Zeit reichte nie aus.

VON HERZEN

»Ich koche nicht besonders gern«, sagte ich.

Bo schaute zu mir auf, sagte aber nichts. Seine Hände schnitten weiter in perfektem Rhythmus Karotten und Sellerie.

»Ich kann das nicht so gut.« Ich verdrehte das Geschirrhandtuch in meinen Händen, bis es lang und dünn und fest war.

Bo hörte auf zu schneiden. Er stand aufrecht da, die Hände in die Hüften gestemmt.

»Ich habe schon sehr jung angefangen zu kochen«, sagte er. »Vielleicht sogar schon, bevor ich in die Schule kam, das weiß ich nicht mehr. Meine Großmutter hat mir geholfen. Sie hat es mir gezeigt. Meine Großmutter hat mir das Kochen beigebracht.«

Ich dachte an *meine* Großmutter. Die Wohnung meiner Großeltern, die im zweiten Stock lag und immer vom dampfigen Geruch salziger Butter erfüllt war. Das sonntägliche Mittagessen. In der kleinen Küche rührte meine große Großmutter eine dicke Suppe, die ich blubbern hören konnte.

Im metallenen Dünsteinsatz kochfertige Semmelknödel, der helle Teig getupft von dunklen Krustenstücken.

Wir waren dafür zuständig, den Tisch zu decken. Mein

Bruder und ich holten Teller, Besteck und Gläser und arrangierten sie sorgfältig auf dem Esstisch.

Es war ein grüner Holztisch mit einer gehäkelten Spitzendecke aus einem fernen Land, einem Ort, an dem ich nie gewesen war, der aber in dieser Wohnung lebendig und präsent schien. An den Wänden hingen Bildteppiche, die das alte Prag zeigten. Die Brücke, das Schloss, die gepflasterten Straßen. Dunkel, ruhig. Ewig.

Die altmodischen Kleider meiner Großmutter, ihre Hochfrisur, ihr freundlicher, weicher Akzent. Sie kam von einem fernen Ort, einem Ort, der in der Zeit verloren war.

Semmelknödel mit Svíčková, einer sämigen Gemüsesuppe, manchmal mit einem Stück Fleisch, das in der Suppe mitgekocht und später zerteilt wurde.

Die Suppe wurde über die Semmelknödel gegossen, die sie aufsaugten wie Schwämme.

Ein Essen für den Winter.

Ein Essen für Schnee.

Ein Essen, damit man Speck auf die Rippen bekam.

»Was kochst du denn so?«, fragte Bo.

Ich legte das Geschirrtuch auf die Bank und nahm *The Women's Weekly Cookbook* aus dem Küchenschrank. Blätterte darin herum.

»Das hier kann ich machen.« Ich zeigte ihm *Hackfleisch mit Gemüse.* »Und das hier.« *Russischer Kartoffelsalat mit Ei.*

Er nahm mir das Buch aus der Hand und studierte die Rezepte – die Bilder. Sein Gesicht war ausdruckslos, aber dann breitete sich ein Lächeln darauf aus.

»Feta magst du offenbar nicht«, sagte er. Neben den Gerichten, die ich schon gekocht hatte, standen mit Füller Anmerkungen, damit Mum die richtigen Zutaten besorgen würde. Beim griechischen Salat hatte ich den Feta durchgestrichen und in Großbuchstaben NEIN! danebengeschrieben.

»Griechischer Salat ohne Feta ist sehr interessant«, sagte Bo.

Er blätterte die Seite um. *Winterlicher Schmortopf.* Bei diesem Rezept hatte ich eine Zeile nach der anderen mit dem Füller durchgestrichen, sodass man weder die Zutaten noch sonst etwas lesen konnte, selbst das Bild war nicht mehr zu erkennen. Ich hatte es schwarz übermalt.

»Probier doch wenigstens ein bisschen davon, Schatz«, sagte Mum.

Dicke, fette Rindfleischstücke lagen auf meinem Teller – fettglänzend, und daneben Karotten- und Kartoffelstücke. Mums Schmortopf. Ich aß die Kartoffel, und dann zwang ich mich, die Karotte zu essen.

Ich spießte ein Stück Rindfleisch mit der Gabel auf und fuhr damit mehrmals um den Teller herum, damit die Soße abging und ich das Fett erkennen konnte. Dreimal rundherum, orangebraune Soßenringe, wie eine Rennbahn um meinen Teller. Ich hielt das Stück Rindfleisch in die Luft. Ich konnte es riechen.

Ich blickte auf und sah, dass Mum mich mit dieser ausdruckslosen Miene anschaute.

»Bitte«, sagte sie.

Ich schloss die Augen und steckte das Fleischstück in den Mund, versuchte zu kauen, musste aber würgen, und das Fleisch kam in mehr oder weniger unveränderter Form wieder heraus. Mein Bruder schaute mich an. Er hatte noch gar nichts gegessen.

Mum stand auf der anderen Seite der Küchentheke, die Hände an den Seiten.

»Probier doch wenigstens«, sagte sie noch einmal leise.

Aber dann ging die Tür auf, und Dad war da. Er stellte seine Aktentasche ab, zog die Jacke aus und setzte sich zu uns an die Theke. Mum holte seinen Teller aus dem Ofen – einen Teller voll mit braunem Schmortopf. Er sah schon etwas vertrocknet aus. Dad schaute ihn an, griff jedoch nicht nach Messer und Gabel, sondern nahm den Teller und schmiss ihn quer durchs Zimmer. Der Teller flog am Kopf meiner Mum vorbei. Ein bisschen was von dem Essen rutschte unterwegs vom Teller, aber der größte Teil verteilte sich auf der cremefarbenen Wand, und der Teller zerbrach in tausend winzige Stücke. Fleisch-, Karotten- und Kartoffelstückchen rutschten an der Wand herunter und landeten auf dem Boden.

»Ich kann das Zeug nicht mehr sehen«, sagte Dad, während er aufstand, seine Jacke anzog, die Aktentasche nahm und die Haustür hinter sich zuknallte.

Mum fing an zu weinen, und mein Bruder und ich saßen da, bis das Essen wirklich kalt war, das Rindfleisch in der erstarrten Soße, wir blieben sitzen, bis einer unserer Hunde kam und den Boden abzulecken begann. Mum sagte: »Nein, Herzchen, nicht«, holte die Kehrschaufel und einen Lappen unter dem Spülbecken hervor und begann, die weißen Scherben des Tellers und die Klackse brauner Soße aufzuwischen.

»Ich würde sagen, das gehört in den Müll«, sagte Bo und steckte das Buch in den weißen Abfalleimer mit dem Schwingdeckel. Ich machte wohl große Augen, denn er fügte hinzu: »Natürlich erzählen wir das niemandem. Es ist einfach verlorengegangen.«

Er legte sich die Hände auf die Wangen, zog eine Grimasse.

»Oje, wo kann es bloß sein? Wo kann dieses wunderbare Kochbuch mit all den interessanten Gerichten bloß sein? Ohne das Buch sind wir aufgeschmissen!«

Ich schaute auf den Abfalleimer. Ich fragte mich besorgt, wie ich ohne die Rezepte irgendetwas kochen sollte.

»Essen kommt von hier«, sagte Bo und legte sich die Hand auf die Brust. »Gutes Essen kommt von Herzen, und man kocht es …« – er schaute an die Decke, suchte wohl nach dem richtigen Ausdruck – »aus dem Kopf. Auswendig.«

Er reichte mir einen Stift und den Notizblock, der neben dem Telefon lag.

»Schreib du. Mein Englisch nix gut für Schreiben.« Und dann sagte er: »Eure Mum tut ihr Bestes, das weiß ich.«

Ich schaute auf den Block hinunter. Ich zeichnete kleine Kreise auf das Blatt, eine lange Reihe. Ich hörte, was er sagte.

»Wie wär's mit Pasta mit Fleischklößchen? Oder ein schlichtes Omelette mit Käse, Spinat und Speck. In der Pfanne gebratenes Huhn mit Kräutern. Das ist einfach.«

Mein Bruder kam herein und wollte Hotdogs in die Liste aufnehmen. Bo lachte. Er sagte meinem Bruder, es sei sehr wichtig zu wissen, wie man dänische Hotdogs zubereitet.

»Man weiß nie, wann man sie mal brauchen kann!«

Bo setzte auch die Zutaten für Pfannkuchen auf die Liste.

An diesem Nachmittag brachte er mir bei, wie man einen einfachen Pfannkuchenteig macht, einen, der gut schmeckt und nicht schiefgehen kann, und während ich ihn zubereitete, machte ich mir nicht die geringsten Gedanken. Ich machte mir keine Gedanken darüber, wie er wohl werden würde oder ob ich etwas falsch gemacht hatte. Ich blieb einfach bei Bo in der Küche, während er seine Gemüsesuppe löffelte.

Er erzählte mir, wenn er koche, sei er »ein glückliches Bärchen«.

Ich buk die Pfannkuchen, und mein Bruder sagte, sie seien gut. Nicht so gut wie im Café, aber doch gut.

MR WILKINS

Mitten in Physik fing Mr Wilkins an zu weinen.

Niemand rührte sich oder sagte etwas. Man hörte nur das Geräusch der Bunsenbrenner, ihr leises Fauchen, während wir alle in unseren weißen Laborkitteln dasaßen.

Ich versuchte, Mr Wilkins nicht anzuschauen, aber ich schaute ihn doch an.

»Ich gehe von hier weg«, sagte er leise. »Ich habe beschlossen, Arzt zu werden.« Er schaute auf den Boden, seine braunen Haare fielen ihm in die Stirn. Er wischte sich die Augen.

»Ich höre auf, als Lehrer zu arbeiten, und gehe noch mal an die Uni, in New South Wales.«

Als er aufblickte, war sein Gesicht blass.

Die Bunsenbrenner wurden einer nach dem anderen abgedreht, und kein Fauchen war mehr zu hören. Es war überhaupt nichts zu hören, nicht mal ein Quietschen auf dem Linoleumboden, während uns Mr Wilkins von dem Unfall erzählte: Dass er von der Überführung aus alles mit angesehen hatte. Dass er als Erster am Unfallort gewesen war. Er sagte, das Auto habe den Jungen so langsam angefahren, dass ihm eigentlich nicht viel hätte passieren müssen, ein bisschen Kopfweh und ein paar blaue Flecken, mehr nicht, aber durch irgendeinen verrückten, makaberen

Zufall habe die Stoßstange den Jungen am Hals erwischt und seine Halsschlagader durchtrennt.

Mr Wilkins fing wieder an zu weinen. Er stand dort an der Tafel und weinte, die Hände vor dem Gesicht.

»Ich wusste nicht, was ich tun sollte.«

Draußen hatte es sich zugezogen, und es schien, als würde es ganz schnell Nacht werden. So war das Licht – als würde es gleich Nacht. Ich befürchtete, es könnte schon dunkel sein, wenn ich mich auf den Heimweg machte. Und ich müsste durch die Dunkelheit laufen.

Draußen im Korridor läutete die Schulglocke, das Geräusch zerriss die Luft. Ich schrak zusammen. Hinten im Zimmer war Geraschel zu hören, Bewegung. Andrew Olsen stand auf und ging zur Tür. Er öffnete sie halb und zögerte dann.

»Es ist okay«, sagte Mr Wilkins, aber er schaute Andrew dabei nicht an. Er schaute wieder auf den Boden.

Jetzt entstand hektische Bewegung. Die meisten Kinder, die hinten saßen, schnappten ihre Bücher und folgten Andrew Olsen. Sie räumten nicht einmal ihre Becher und Reagenzgläser und die Brunsenbrenner weg. Sie liefen einfach so schnell wie möglich zur Tür, rannten fast, mit gesenktem Kopf. Ich konnte draußen ihre Stimmen hören. Es klang, als lachten sie.

Mr Wilkins setzte sich auf die Kante seines Schreibtischs. Er war jetzt nicht mehr so blass. Er erzählte uns – denen, die dageblieben waren –, dass er traurig sei, schon sehr lange. Und dass er hoffe, Gutes tun zu können, wenn er Arzt werde. Wem auch immer. Vielleicht könne er die Vergangenheit dann hinter sich lassen. Damit abschließen.

»Ich kann einfach nicht vergessen, wie dieser Junge da auf der Straße lag«, sagte er.

Ich dachte an die Bilder im Fernsehen – die blinkenden Lichter, die von der zu Boden gefallenen Schultasche reflektiert wurden. Das Wappen mit der Waratah, das aus dem Dunkeln hervorleuchtete.

Ich hatte nicht gewusst, dass Mr Wilkins dort gewesen war. Dass Mr Wilkins versucht hatte, die Blutung zu stillen. Versucht hatte, Tom Balinskis Herz in Gang zu halten.

Der Junge, der da auf der Straße gelegen hatte, war nicht allein gewesen.

AUS DEM FENSTER

Das letzte Mal sah ich Mr Wilkins Ende der Woche in der Klassenlehrerstunde. Einige Eltern waren gekommen, um sich zu verabschieden, hauptsächlich Mütter, und er flirtete mit allen, brachte sie zum Lachen und Erröten. Er konnte sich das erlauben.

»Nennen Sie mich Anthony«, sagte er immer wieder.

»Ach, Anthony, Sie werden uns fehlen!«

Einige der Mütter schenkten ihm Rotwein, Schokolade oder Karten, und er küsste alle auf die Wange. Das Klassenzimmer war voller Leute, ewig lang. Als die Schüler allmählich aufbrachen, stellte ich mich auch an, um mich zu verabschieden. Ich hatte kein Geschenk für ihn, nicht einmal eine Karte. Ich weiß nicht, warum ich nicht auf die Idee gekommen war, ihm eine zu basteln, und wünschte, ich hätte es getan.

Mr Wilkins gab mir die Hand, ein kräftiger, fester Händedruck.

»Es war mir ein Vergnügen«, sagte er. Ich erwiderte den Händedruck, sagte aber nichts. Ich sagte ihm nicht, wie wichtig er für mich gewesen war. Dass er mir geholfen hatte, meinen Weg zu finden, eine grobe Richtung, der ich folgen konnte. Ich sagte es ihm nicht. Ich ging rasch hinaus, mit glühenden Wangen.

Ich lief eilig Richtung Bushaltestelle, aber auf halbem Weg zum Schultor spürte ich die eisige Luft an meinen Armen. Ich hatte meinen Blazer nicht an. Hatte ihn liegenlassen. Ich rannte zum Klassenzimmer zurück, wo jetzt niemand mehr war außer Mr Wilkins. Er saß auf seinem Pult und schaute hinaus, auf irgendwas sehr Fernes – die Berge, die Sterne, die Galaxien hinter der Milchstraße. Als wäre er längst weg, als blickte er in seine Zukunft.

Ich griff nach meinem Blazer. Er hing über einem Stuhl. »Vielleicht passiert ja nichts ohne Grund«, sagte er. Ich drehte mich um und sah, dass Mr Wilkins mich anstarrte. Er stand auf, nahm seine Tasche, legte sich seinen roten Schal um den Hals.

»Ich weiß es nicht. Wenn du in den Naturwissenschaften dranbleibst, wenn du hart arbeitest, wirst du eines Tages überallhin können und alles machen können. Vielleicht arbeitest du irgendwann mal auf dem Mond – auf dem Meeresgrund – in der Antarktis – in Helsinki – in Sansibar. Wo auch immer. Weit weg von hier.«

Er kam zu mir herüber, legte seine kräftige Hand auf meine Schulter.

»Ich weiß, dass du es schaffen wirst«, sagte er.

Dann öffnete er das nächstgelegene Fenster, stemmte sich aufs Fensterbrett hoch und sprang hinaus auf den Betonweg, ohne sich noch einmal umzudrehen. Ich sah ihm nach, während er sich vom Klassenzimmer und von den alten Schulgebäuden entfernte, bis er nicht mehr zu sehen war, nur noch das leere Fenster, durch das die kalte Luft hereinwehte.

AM KAI SITZEN

Nur wir beide. Ich und Bo.

Von da, wo wir saßen, konnten wir ganz Hobart sehen, wie es sich über den Fluss erhob. Man sah die Stadt, die Häuser, die sich die steilen Hänge hinaufzogen, und den Berg – sein steinernes Gesicht war hinter den Wolken verborgen.

Wir waren ganz unten, saßen zusammen auf dem Kai. Ich ließ die Beine über dem schwarzen Wasser baumeln, und uns gegenüber leuchtete die *Nella Dan* in der Herbstsonne.

Sie war ein gutes Schiff. *Ein gutes Schiff.*

Als könnte er meine Gedanken hören, sagte Bo: »Ob ein Schiff wirklich gut ist, weiß man erst, wenn man eine Weile darauf gefahren ist.«

Er schaute aufs Wasser hinunter, die Hände entspannt auf den Beinen.

Stille.

»Ich bin auf ein paar Schiffen gefahren, die nicht so gut waren. Da hat man gearbeitet und geschlafen und die Zeit herumgebracht. Den Lohn gespart und darauf gewartet, dass man nach Hause kam. Aber die *Nella Dan* hat sich wirklich als ein sehr gutes Schiff erwiesen. Ich habe Glück gehabt.«

Ich schaute Bos Gesicht an, während er sein Schiff betrachtete. Vielleicht dachte er an seinen Freund Sören oder daran, dass er morgen auslaufen würde. Oder vielleicht dachte er an seine Insel, an seine Heimat. Einen fernen Ort, den ich nur aus Erzählungen kannte.

Ein himmelblau und orange gestrichenes Ruderboot, ein kleines Holzhaus.

Drei riesige Walnussbäume in einer Reihe und das Rauschen der Ostsee.

»Ja, ich habe Glück«, sagte er. »Und morgen fahren wir zur Macquarieinsel.«

Von dieser Insel hatte ich schon gehört. Bo hatte mir davon erzählt. Ein grüner Berg im Meer mit so vielen Pinguinen und See-Elefanten darauf, dass man kaum einen Schritt tun kann. Sie sind überall, auf jedem flachen Stückchen Land, das sich nur findet. An den Stränden und im Gras, ja sogar in den Arbeitsschuppen der Station.

»Ich glaube, das ist einer meiner Lieblingsorte«, sagte er. »Ja. Das Einzige, was dort nicht so gut ist, ist der Wind. Es ist fast immer windig, und man kann nichts dagegen tun. Das ist einfach eine Kraft, die da ist. Aber die Pinguine und die Robben und die Vögel, denen scheint das nichts auszumachen. Denen geht's gut. Es ist ihre Heimat, die kennen das nicht anders. Sie sind es gewohnt.«

Eine Hupe ertönte, und Mums weißes Auto hielt neben uns an, mit laufendem Motor. Bo stand auf und winkte Mum zu. Er hielt mir die Hand hin, um mich hochzuziehen.

»Vielleicht fährst du da ja auch irgendwann mal hin«, sagte er.

Ich stieg ein, setzte mich auf die Rückbank, und Bo setzte sich nach vorn. Als wir losfuhren, drehte ich mich um. Ich schaute durch die Heckscheibe zurück. Die *Nella Dan* – sie spiegelte sich als roter Streifen im Wasser, das Farbigste, was es in ganz Hobart gab. Sie ließ die ganze graue Stadt aufleuchten. Ich winkte ihr zu.

Mum und Bo unterhielten sich vorn, und mein Bruder war zu Hause, wahrscheinlich guckte er Fernsehen. Wir bogen um die Ecke, fuhren den Hang hinauf, und bald versperrten Häuser die Sicht, aber ich guckte trotzdem weiter hinunter aufs Wasser, hielt nach ihr Ausschau, wie ich es so oft getan hatte. Ich hörte sie rufen – mich rufen.

Und da wünschte ich mir etwas, nein, versprach es mir: Dass ich dahin fahren würde, wo sie gewesen war, sehen würde, was sie gesehen hatte. Dass ich das alles nicht vergessen würde.

Am nächsten Morgen, als die *Nella* auslief, war ich in der Schule und dachte nicht an sie. Ich wusste nicht, dass die Maschinen nicht ansprangen, dass sich die Abfahrt verzögerte. Dass sie nicht wegwollte. Dass schließlich die gesamte Besatzung und die Passagiere das Schiff verließen und sich auf den Kai zu ihren Freunden und Verwandten stellten, während die Maschinisten versuchten, den Schiffsmotor in Gang zu bringen. Und später, nach allem, was geschehen war, sagten die Leute, es sei sehr seltsam gewesen, denn sonst habe sie es immer so eilig gehabt, wegzukommen. Habe unbedingt wieder auf ihr Meer hinausgewollt. Diesmal aber habe sie sich in Hobart am Kai geradezu festgeklammert.

Mit ein paar Stunden Verspätung lief sie dann doch noch aus. Sie fuhr den Derwent hinunter, vorbei an unserem

Ausguck in Kingston und weiter hinaus, dahin, wo die Albatrosse und Sturmvögel aus dem Nebel kamen, um sie zu begrüßen. Um ihr den Weg zu zeigen.

MS *Nella Dan*
3. Fahrt, Saison 1987/88
29. November 1987
Position: 51° 29.800' S, 155° 39.700' O
Anmerkung des Kapitäns: Ein Teil der meereskundlichen Gerätschaften funktioniert nicht richtig, deshalb steuern wir ein paar Tage früher als geplant die Macquarieinsel an. Wir werden versuchen, die Meeresforschung auf der Rückfahrt wiederaufzunehmen.

Erik schärft die Messer.

Ich schaue ihm von der roten Sitznische aus zu – den Wetzstahl hat er in der einen Hand, das Messer in der anderen. Ganz lässig, als würde das Schiff nicht schaukeln. Ganz lässig, als täte er das schon sein Leben lang.

Musik plärrt aus dem Kassettenrekorder – Judas Priest. Erik bewegt sich zur Musik, im Takt, die Augen auf die Klinge geheftet.

Living after Midnight.

Sein Bart wächst, das Haar ist kurz geschnitten, die vom Sommer noch gebräunte Haut ein Kontrast zu seiner sauberen weißen Schürze. Attraktiv, würden manche wohl sagen.

Er legt das geschärfte Messer zur Seite, beißt von seinem Brot ab – seinem Mittagessen. Er kaut ein Weilchen, dann greift er nach der nächsten Klinge und beginnt wieder mit seinem Tanz. Zufrieden mit seiner Aufgabe. Entspannt.

Kein Junge mehr.

Ein junger Steward, der sich zu Hause fühlt, bei der Arbeit auf seinem Schiff.

Ein Mann.

DIE ZEITUNG

Auf dem Tisch im Wintergarten lag die aufgeschlagene Zeitung. Ein Foto, von hoch oben aufgenommen, vielleicht aus einem Hubschrauber oder von einem Berggipfel aus. Die *Nella* erinnert an ein Spielzeugschiff, wie sie da mit Schlagseite in der Untiefe liegt. Ein angemaltes Spielzeugschiff, dazu gedacht, auf einem Teich zu schwimmen oder bei einem Kind in der Badewanne. Ein Schiff, das ich in der Hand halten könnte.

So klein hatte ich sie noch nie gesehen.

***Nella Dan* wieder flott – Experten entscheiden über ihre Zukunft**
Von Andrew Darby

Hobart

Die *Nella Dan* lag vor der Macquarieinsel vor Anker, als gestern mit der abschließenden Schadenfeststellung begonnen wurde, auf deren Basis über das Schicksal des stark beschädigten Antarktis-Versorgungsschiffs entschieden werden soll.

Während die Überlegungen, ob das Schiff geborgen oder versenkt werden sollte, noch im Gange sind, wurde bestätigt, dass der dänische Besitzer eine Bergung für

rentabel hält, ein Bergungsexperte jedoch gegenteiliger Ansicht ist.
Das Bohrinsel-Begleitschiff *Lady Lorraine* setzte gestern am frühen Morgen 40 Prozent seiner 7040 PS ein, um die *Nella Dan* mit ihren 2186 Bruttoregistertonnen bei auflaufendem Wasser vom felsigen Untergrund freizuschleppen.
Laut dem Sprecher der Antarctic Division, Mr Peter Boyer, liegt die *Nella Dan* jetzt wieder an ihrem üblichen Ankerplatz vor der Macquarieinsel, 500 Meter von der Küste entfernt. Von hier aus war das Schiff am 3. Dezember auf Grund gelaufen, nachdem sich der Anker bei schwerer See losgerissen hatte.
Laut Mr David Lyons, einem Vertreter der Arctic Division, fanden die Bergungstaucher, die gestern mit der Untersuchung des Schiffsrumpfes begonnen haben, mehr leckgeschlagene Bereiche als erwartet. »Diese sind aber alle auf verschiedene Weise gesichert worden, und momentan liegt das Schiff stabil vor Anker«, sagte Mr Lyons.
Mr Boyer sagte, die Taucher hätten Videoaufnahmen von den Schäden gemacht, damit der Bergungsmeister sowie Vertreter des Schiffs sie begutachten können. Die Parteien werden möglicherweise noch heute entscheiden, ob das Schiff im tiefen Wasser vor der Macquarieinsel versenkt oder aber zur Reparatur in einen Hafen geschleppt werden soll.
Der Direktor der Arctic Division, Mr Jim Bleasel, hat bestätigt, dass die Bergungsfirma eine Bergung für wenig aussichtsreich und möglicherweise sogar gefährlich hält und folglich zur Versenkung rät.
Die Besitzer der *Nella Dan*, J. Lauritzen SA, wiederum

haben die voraussichtlichen Kosten der Bergung und Wiederherstellung kalkuliert und kamen Mr Boyer zufolge zu dem Schluss, dass sich die Bergung finanziell lohnen würde.
Sollte die *Nella Dan* in der kommenden Saison den Dienst wiederaufnehmen und noch ein letztes Jahr für Australien fahren, könnte Lauritzen mit rund zwei Millionen Dollar Chartergebühr rechnen. Da derartige Schiffe auf dem Markt dünn gesät sind, ist durchaus damit zu rechnen, dass auch andere antarktische Länder die *Nella Dan* in den kommenden Jahren in Dienst nehmen könnten.
Die in Betracht gezogenen Optionen sind, die *Nella Dan* entweder zur Reparatur ins Trockendock nach Australien zu schleppen oder in den nächstgelegenen geschützten Tiefwasserhafen, von wo aus ein Halbtaucherschiff sie zur Reparatur in eine Werft bringen würde.
Ein Veteran der australischen Antarktis-Forschung, Dr. Philip Law, hat angeregt, dass die *Nella Dan*, die über 7000 australische Expeditionsteilnehmer in die Antarktis gebracht hat, auf keinen Fall versenkt, sondern Teil eines Museums werden sollte.
Mr Boyer zufolge könnten die Besitzer das durchaus in Betracht ziehen, falls die *Nella Dan* zunächst noch einmal in Dienst genommen wird. »Momentan aber ist die Idee, die *Nella Dan* zum Museumsstück zu machen, offenbar keine Option.«

MV *Icebird*
Saison 1987/88
9. Dezember 1987
Position: 54° 30.000' S, 158° 57.000' O
Anmerkung des Kapitäns: Kursabweichung, um gestrandete Besatzung und Passagiere der MS *Nella Dan* an Bord zu nehmen.

Wir stehen zusammen an Deck der *Icebird*. Wir fahren davon. Lassen unser Schiff zurück.

Klaus steht neben mir. Sein Arm streift meinen, und in dieser Berührung spüre ich den ganzen Mann.

»Mein Vater und deiner«, sagt er, »haben lange zusammengearbeitet.«

Ich sehe meinen Vater vor mir, wie er in der Sonne sitzt und Pfeife raucht.

»Du ähnelst ihm«, sagt Klaus. »Wirklich. Es tut mir leid, dass er so früh gestorben ist.«

»Danke für die Anteilnahme«, sage ich. Mir fällt plötzlich ein, dass das einzige Foto, das ich von meinem Vater habe, in meiner Kabine hängt, über der Koje. Mein Vater, wie er oben auf der Gangway steht, mich in den Armen. Zwei Jahre war ich damals alt, streckte die Hände nach den bunten Luftschlangen aus, die vom Himmel fielen. Die Jungfernfahrt der *Nella Dan* – vor sechsundzwanzig Jahren.

Jetzt blicke ich zu ihr zurück, und sie sieht völlig okay aus, als wäre alles in Ordnung. Aber unter ihrem Bug, wo

Wasser sein sollte, sind Felsen. Felsen, die ihren Rumpf aufgeschnitten haben.

»Er hat dieses Schiff geliebt«, sage ich, und vielleicht ist es ja richtig, dass das Bild noch in meiner Kabine ist, bei ihr bleibt. Ihm würde das gefallen.

Klaus nickt. Ich sehe den Schimmer in seinen Augen. Er hat die letzten dreizehn Jahre auf der *Nella Dan* verbracht und kennt sie so gut wie kaum ein anderer.

»Es war mir ein Vergnügen, mit dir zusammenzuarbeiten«, sage ich und gebe ihm die Hand. Wir entfernen uns weiter, sind jetzt im tiefen Wasser. Die *Icebird* fühlt sich so fremd an, so seltsam, und keiner von uns will reingehen. Wir bleiben draußen auf dem Trawldeck stehen, Gesicht und Hände werden in der kalten Luft ganz eisig, doch wir bleiben draußen für unseren Kapitän und unseren Bootsmann, bleiben draußen für unser Schiff.

Irgendjemand schreit: »Bis bald, *Nella Dan*!«

»An Weihnachten bist du zu Hause.«

Ich blicke auf zu dem riesigen Berg, der sich in den Himmel reckt – die Macquarieinsel. Einer der erstaunlichsten Orte, die ich je gesehen habe. Die *Nella Dan* ist nur ein kleiner roter Fleck am Fuß der Insel, halb liegt sie im ruhigen Wasser, halb auf dem Land.

Über ihr kreisen Riesensturmvögel, schauen auf sie hinunter.

Lebwohl.

Ich sage ihr Lebwohl.

MS *Nella Dan*

Saison 1986/87

26. August 1987

Position: 42° 53.000' S, 147° 19.000' O

Anmerkung des Kapitäns: Ankunft in Hobart zum Start der Saison 1986/87. Wir sind dem Plan zwei volle Tage voraus.

Das erste Licht – frühes Morgenlicht. Die *Nella Dan*, unser kleines rotes Schiff, fährt den Derwent hinauf. Die Berge sind schroff, rau, felsig; bald schmiegen sich Häuser ans Ufer.

Es wird allmählich hell, aber der Himmel ist grau. Es beginnt zu regnen, doch ich bleibe draußen. Es ist ein sanfter Regen, der mir nichts ausmacht. Ich möchte das alles sehen. Es auf mich wirken lassen.

Es riecht nach Bäumen, aber nicht nach Kiefern, es ist ein neuer Geruch – eine Baumart, die ich nicht kenne. Bald erscheint vor mir eine kleine Stadt, eine Stadt auf Hügeln, die einem felsigen Berg vorgelagert sind. Vor uns eine große Betonbrücke.

Hobart.

Viele aus der Besatzung werden hier von Freunden erwartet, kennen die Stadt. Ich nicht. Für mich ist sie neu.

»Hier wird's dir gefallen«, sagen sie, freuen sich, wieder hier zu sein.

Der Red Lion, das Dog House, das Hope and Anchor, das Ship Hotel – lauter Orte, an die man mich mitnehmen wird, mit Live-Musik, Tanz, Bier vom Fass. Ich werde geradeaus gehen können, solange ich Lust habe. Pizza, süßsaures Schweinefleisch, nicht so viel kochen müssen, nicht so hart arbeiten. Ein paar Tage lang. Eine willkommene Pause. Unsere Heimat fern der Heimat.

Die *Nella Dan* fährt in den Hafen ein, wird langsamer. Sie kennt den Weg, findet ihren Platz.

Der Kai ist alt, er ähnelt denen zu Hause. Alt und aus Holz, und der Hafen ist schwarz und tief und ruhig. Der Regen wird stärker, aber ich bleibe draußen an Deck.

Mir gegenüber auf einem kleinen Landesteg steht ein Mädchen im Regen. Sie hat die Kapuze ihres Regenmantels auf dem Kopf, und es sieht aus, als schliefe sie – *früher Morgen, halb im Schlummer.* Verborgen, fast unsichtbar dort im Regen, aber ich kann sie sehen.

Ich sehe sie.

Sie schaut plötzlich auf. Sie guckt die *Nella* an, als hätte das Schiff ihr zugerufen: *Hey! Wach auf! Ich bin da!*

Und ohne jeden Grund winke ich ihr zu. Ich winke noch einmal, winke wieder, und sie winkt zurück. Ein Sonnenstrahl bricht durch die Wolken, trifft den Bug, und alles leuchtet rot. Ich nehme einen tiefen Atemzug von der frischen Luft und gehe hinein, um mit dem Frühstück zu beginnen.

Ich bin voller Hoffnung.

FREUE DICH, WELT

Der Wintergarten war voller Menschen, Mums Freunde und Besatzungsmitglieder von der *Nella*, und unser runder Tisch war mit Essen beladen. Mein Bruder hatte einen Teller voll Käse in der Hand, er lief damit herum und aß den Käse scheibenweise. Ohne Brot oder Kräcker, nur den Käse.

Bo legte eine Schallplatte auf, und es knisterte in den Lautsprechern, dieser Moment der Erwartung, bevor die Nadel den Anfang des Liedes erreicht.

Eine Hammondorgel, rhythmisch. Ein Akkord. *I Heard It Through the Grapevine.*

Mum jauchzte. Es war ihre Lieblingsplatte, der Soundtrack zu einem Film namens *Der große Frust*. Es schien ein ziemlich dämlicher Film zu sein, aber die Musik war okay. Mein Bruder und ich mussten dieses Album jahrelang anhören, bis wir schließlich sämtliche Lieder auswendig kannten. Mein Bruder mochte besonders das über einen Ochsenfrosch namens Jeremiah.

Freue dich, Welt.

Heiligabend.

In der Küche standen Plätzchen und Kuchen und Puddings, aber noch aßen alle das herzhafte Essen auf dem Tisch. Wir mussten warten. Uns gedulden. Mein Bruder sagte mir, er werde sich von allen Süßspeisen etwas nehmen und alles auf einen Teller tun.

»Auch den Milchreis?«, fragte ich.

Er zog die Nase kraus und dachte nach. »Den vielleicht nicht«, sagte er.

Er mochte keinen Reis, und auch keine Mandeln. Ich hatte zugesehen, wie Bo den Milchreis mit Milch und Sahne, Mandeln, Sherry und Zucker zubereitet hatte. Der Milchreis roch wie frische Vanillesoße. Oder Vanilleeis.

Bo hatte auch eine Art heißen Rotwein für die Erwachsenen gemacht, mit ganz vielen Gewürzen. Zimt, Muskatnuss, Weihnachtsgewürze. Er sagte, das Rezept habe fünfundzwanzig Zutaten, aber die einzig wirklich wichtige sei die Flasche Rum.

Er war mit den anderen auf der *Icebird* zurückgekommen, und sie waren alle müde. Sie hatten Schiffbruch erlitten. Außer den Kleidern, die sie gerade trugen, hatten sie gar nichts. Mum fuhr zu Target und besorgte ihnen allen Unterwäsche und T-Shirts, und sie mussten in einem Hotel wohnen, bis man sie für die Untersuchung des Unfalls befragt hatte. Danach würden sie frei sein.

Wir warteten darauf, dass die *Nella* zurückkam. Damit wir erfuhren, wie schlimm der Schaden war. Wie es weitergehen würde.

Bo entdeckte meinen Bruder und mich neben dem Klavier. Er sagte, er habe für jeden von uns ein Geschenk, sie lägen im Wohnzimmer.

»Es ist Heiligabend«, sagte er. »Bei uns ist das Weihnachten. Ihr müsst also mindestens ein Geschenk auspacken.«

Mein Bruder stellte seinen Teller auf den Klavierdeckel.

Es lagen noch zwei Stücke Käse darauf, aber Käse war nicht mehr wichtig, wenn es Geschenke gab.

Wir hatten keinen Baum. Unser Platz für Geschenke und Weihnachtschmuck war der leere, gesäuberte Kamin. Ein paar Geschenke, ein bisschen Schmuck. Silbernes und rotes Lametta.

Bo reichte meinem Bruder eine verpackte Schachtel. Als mein Bruder das Geschenk schüttelte, stieß etwas gegen die Innenwände. Es klang wie ein Puzzle. Er riss das Papier auf. Es war ein Lego-Set.

Ein breites Lächeln erschien auf seinem Gesicht.

»Danke.« Er ging zu Bo, um ihm die Hand zu geben.

Bo lächelte und schüttelte seine Hand. »Du bist doch ein echter kleiner Gentleman.«

Ich hielt mein Geschenk fest. Es war rechteckig und schwer, und ich packte es vorsichtig aus. Ich zog den Klebestreifen ab und zerriss das Papier nicht. Mein Bruder schaute von seinem Lego-Set auf.

»Was ist es denn?«, fragte er.

Es war ein Buch. Auf dem Umschlag sah man einen Eisberg, von dem Eiszapfen herabhingen, sich nach dem kalten Wasser streckten. *Antarctic Australia*

»Da ist die *Nella* drin«, sagte Bo. »Und die *Thala*. All ihre Schwestern.«

Farbbilder von Eis, von Licht – von Königspinguinen, die sich auf der Macquarieinsel zusammendrängen. Und von roten Schiffen, die sich durchs Eis kämpfen.

»Ich hoffe, es gefällt dir«, sagte er.

Die Musik brach ab. Ich hörte das Telefon klingeln. Ich hielt das Buch in den Händen.

Bo ging an die Tür zum Wintergarten.

»Sie wird versenkt!«, schrie jemand.

»Sie brennt!«

Jetzt wurde es laut, alle riefen durcheinander, stellten Fragen.

Ich verkroch mich in eine Ecke des Wintergartens. Ich sah Leo auf einem Stuhl sitzen, den Kopf in den Händen.

»Das ist doch nicht wahr.«

»Es kann nicht sein.«

Jemand sagte: »Diese Dreckskerle.«

»Sie brennt!«

Feuer.

Mein Bruder kam und stellte sich neben mich.

»Was ist denn passiert?«, fragte er mich. Ich sagte, ich wisse es nicht.

»Vielleicht ist das Schiff wegen dem Unfall gesunken.«

»Wahrscheinlich«, sagte ich.

»Aber warum brennt es?«

Ich wusste es nicht.

Alle redeten auf Dänisch, und die einzigen Wörter, die ich verstand, waren »verdammt« und »Dreckskerle« und »in fünftausend Meter Tiefe«.

In fünftausend Meter Tiefe im Dunkeln.

Weitere Anrufe. Neue Leute kamen, andere gingen. Unsere Haustür blieb offen.

Alle rauchten, das Zimmer war vollgequalmt. Meine Augen brannten. Mum sagte meinem Bruder, er solle ins Bett gehen, und er schaute mich an.

»Und was ist mit dem Kuchen?«, fragte er.

»Vielleicht morgen«, sagte ich.

»Ich kann bestimmt nicht schlafen«, sagte er, aber das konnte er wohl. Er schlief ganz schnell ein.

Mum merkte nicht, dass ich noch auf war. Sie umarmte ihre Freundin Rose, und beide weinten. Ich ging raus auf die hintere Terrasse, um von dem Rauch wegzukommen. Von der Atmosphäre im Zimmer.

Ich stand da draußen und schaute in den Himmel. Es war noch hell, und die Nacht war klar. Die Sterne kamen heraus, durchscheinend und golden. Ferne Planeten. Mars, Venus, Merkur. Der Mond ging auf, ein kleiner Sichelmond. Ein Lichtschimmer. Ich atmete tief ein. Es war Sommer.

Bo kam heraus und schloss die Glastür hinter sich. Er hatte eine Bierdose in der Hand, die mit dem schwarzen Schwan drauf. Das war seine Lieblingsmarke. Aber er trank nicht, er hielt die Dose nur.

Sein Gesicht war reglos, und mir fiel nichts ein, was ich sagen könnte. So standen wir da, schauten zum Himmel hoch, lauschten dem Gemurmel der Stimmen von drinnen.

»Ist sie gesunken?«, fragte ich.

Er zündete sich eine Zigarette an, blies den Rauch aus. »Ich glaube nicht, dass sie von selbst gesunken ist. Sie wurde mit Wasser gefüllt. Es muss ziemlich lang gedauert haben.«

Seine Stimme klang plötzlich komisch, und er wandte sich ab.

Sie konnte sich nicht mehr halten.

Ich dachte an fünftausend Meter Tiefe. Fünf Kilometer unterhalb der Wasseroberfläche – wie dunkel musste es dort unten sein, wie kalt.

Bo wischte sich die Nase am Ärmel ab, zog an seiner Zigarette, und in meinem Innern zerbrach etwas.

Seine Stimme kam wie Wolken, die über den Nachthimmel ziehen.

»Sie ist nicht da unten«, sagte er. »Nicht da unten. Stell sie dir nicht da unten vor.«

Sie ist nicht da unten.

DAS LETZTE GELEIT

Wir standen schweigend da, während ein Schlepper von der Farbe alten Schmierfetts in den Hafen einfuhr und auf den Platz zusteuerte, an dem die *Nella Dan* liegen sollte.

Ringsum hatten alle Blumen in der Hand, Nelken – rote und weiße, und in der Stille wurde eine dänische Flagge auf dem Kai ausgebreitet. Sie hing auf das schwarze Wasser hinunter.

Ich hatte keine Nelke. Ich hatte eine Rose, tiefrot wie Blut. Sie stammte aus unserem Vorgarten, eine späte Rose – eine, die eigentlich nicht mehr hätte da sein sollen, aber da war. Ein Mann stand allein ganz am Ende des Kais und spielte Dudelsack. Ich kannte das Stück nicht, aber es ging mir nahe, war so gefühlvoll. Der Klang breitete sich aus und fuhr durch mich hindurch, als wäre ich aus Luft.

Leute traten aus der Menge hervor ans Wasser, fast einer nach dem anderen, und warfen ihre Blumen hinunter – ein Farbenmeer. Der Dudelsack hörte auf zu spielen, doch ich behielt meine Rose in der Hand.

Ich konnte mich nicht von ihr trennen.

Der Schlepper kam näher, und das Motorengeräusch verdrängte die lastende Stille. Das Wasser geriet in Bewegung, und die Blumen hüpften auf und ab. Manche gingen unter, sanken unter die Wasseroberfläche und waren weg.

Jetzt drängte die Menge nach vorn. Es wurde laut, Leute schrien. Direkt neben mir brüllte jemand: »Schämt euch!«, so plötzlich, dass ich zusammenschrak. Andere stimmten ein, und ein finsteres »Buuh!« schlug der Besatzung des Schleppers beim Anlegen entgegen.

Bo trat ein paar Schritte von der Menge zurück, die Augen gesenkt. Vielleicht hatte er sie auch geschlossen, ich weiß es nicht, aber das Buhen hörte auf, und als ich wieder zum Schlepper schaute, stand dort der Kapitän der *Nella*, den Arm zu einem Winken erhoben. Mit starker Hand, wie um zu sagen: *Es ist nicht ihre Schuld.*

Die Leute freuten sich einfach, ihn zu sehen. Einzelne begannen zu rufen: »Hey! Hallo! Willkommen zu Hause.«

Ich sah Benny auf dem Trawldeck, mit müdem, stillem Gesicht, die *Nella* war dahin, und kein Gebrüll auf dieser Welt konnte sie wieder zurückbringen. Ich ging den Kai entlang, fort von der Menge.

Ich trennte mich von meiner Rose und sah zu, wie sie von einer unsichtbaren Strömung weggetragen wurde.

Rote Rose, rotes Herz, rotes Schiff.

FRÜHER MORGEN

Ich stand früh auf, die anderen schliefen alle noch. Alle außer Bo. Er saß am Tisch und schaute durch die großen Glasfenster hinaus. Der Himmel war dunkellila, das erste schwache Licht. Ein schmales Zeitfenster zwischen Nacht und Tag; noch war nichts wirklich. Nichts hatte begonnen.

Bo rauchte eine Zigarette. Er drückte sie im vollen Aschenbecher aus und lächelte mich an, als ich mich an den Tisch setzte, aber seine Augen waren schwermütig und grau, und ich spürte sein Gewicht im Zimmer.

Ich habe Angst vor der Dunkelheit, denn ich weiß, dass sie kommen wird.

Es war genug Platz für mich am Tisch, aber ich saß so angespannt auf der Stuhlkante, dass meine Beine von der Anstrengung und der Kälte ganz taub wurden.

Mir war immer kalt, selbst im Sommer. In ein paar Stunden würde er abreisen.

Bo zündete sich noch eine Zigarette an, und einen Moment lang kam es mir vor, als machten die Flamme, das Aufglühen, der Geschmack des Rauches in meinem Mund das Zimmer wärmer. Ich fühlte mich schläfrig, schwer.

»Ich mag deinen Namen«, sagte er. »Isla, das ist fast wie *island*, die Insel. Meine Heimat besteht aus lauter Inseln. Wir sind Inseln im Wasser, und Schiffe sind unser zweites

Zuhause. Es gibt kein Kind bei uns, das nicht schon mal auf einem Schiff oder einer Fähre oder einem Boot gewesen wäre, selbst in den großen Städten. Auf dem Wasser zu sein gehört zu unserem Leben einfach dazu.«

Ich nickte. Ich wollte ihn fragen, was er jetzt tun werde, ob er auf einem anderen Schiff arbeiten werde. Ich wollte ihn fragen, ob er jemals wiederkommen werde.

»Nicht alles klappt immer so, wie wir es gern hätten«, sagte er.

Ich wusste, dass er von Mum redete, dass es Dinge in ihrem Leben gab, die ich nie wissen, nie verstehen würde. Sie hatte ihren eigenen Kopf – und helle wie dunkle Seiten.

»Wir schauen uns jetzt zusammen den Sonnenaufgang an, du und ich«, sagte er, während der Himmel sich heller violett zu färben begann, und ich nickte und fühlte mich schon munterer. Ich baumelte unter dem Tisch mit den Beinen, da war genug Raum. Während wir gemeinsam schwiegen, schloss ich einen Pakt mit mir. Ich würde wach bleiben – wach bleiben und nicht schlafen, wenn er ging, damit er nicht allein war.

Die Sonne kam und erleuchtete West Hobart, und Bo sprach so leise, dass ich die Worte kaum verstand, doch sie waren da, bei uns im Zimmer.

»Ich wünschte, ich könnte bleiben.«

Seine Worte sanken ein. Ganz tief sanken sie und setzten sich in meinem Innern fest, doch damals wusste ich nicht, dass er *für immer* meinte. Dass er gern für immer bleiben und mit uns zusammenleben würde.

Damals wusste ich das nicht.

Ich begann zu frösteln, nur ein wenig, und er sagte, ich solle mich noch ein bisschen ins Bett legen.

»Wir sehen uns noch, bevor ich gehe«, sagte er.

Ich stand auf und ging ins Wohnzimmer. Dann blieb ich stehen und betrachtete ihn durch die Scheibe der Wohnzimmertür, wie schon so oft. Sein weißes T-Shirt, seine rundlichen Schultern, der leicht zur Seite geneigte Oberkörper.

Er drehte sich nicht um. Er schaute nicht nach mir, aber ich wusste, dass er meine Gegenwart spürte.

Die Entfernung zwischen unseren beiden Welten war in diesem Moment viel kleiner als sonst.

GEMISCHTE LOLLIS

Mum schickte mich in der Stadt in eine Apotheke, damit ich ein Rezept einlöste.

Der Apotheker hinter der Theke war klein und hatte eine beginnende Glatze, ganz oben auf dem Kopf. Er nahm mir das Rezept aus der Hand. Ich sagte ihm, es sei für meine Mutter.

»Ich heiße Joseph«, sagte er, »Joseph Balinski«, und er schaute mich an. »Dein Bruder war ein guter Freund von meinem Sohn.«

Da erinnerte ich mich. Ich erinnerte mich, dass Tom Balinskis Vater Apotheker war.

»Wie geht es deinem Bruder?«, fragte er.

Ich sagte, mein Bruder sitze draußen im Auto, und wenn er wolle, könne ich ihn holen, allerdings müsse ich schnell machen, denn Mum parke in zweiter Reihe. Joseph klatschte in die Hände und sagte, dass er meinen Bruder sehr gern sehen würde.

»Sehr gern«, wiederholte er.

Mum hatte inzwischen ein paar Meter weiter einen richtigen Parkplatz gefunden. Ich machte die Autotür auf und sagte meinem Bruder, dass Toms Dad da drinnen sei und ihn gern sehen würde. Er rührte sich nicht.

»Komm, Schatz«, sagte Mum.

Mein Bruder starrte mich an. Schließlich stieg er aus und ging langsam hinter mir her. Ich hörte, wie er in seinen Schulschuhen über den Bürgersteig schlurfte.

Drinnen blinzelte er, weil es so hell war. Er sagte guten Tag, und Joseph schüttelte seine Hand und sagte: »Wow! Bist du groß geworden! Und du hast ja immer noch solche Locken, unglaublich!« Joseph lächelte. Strahlte.

Er erzählte uns, der Familie gehe es gut, und seine Frau sei schwanger. Zwillinge.

»Es ist so schön, dich zu sehen«, sagte er zu meinem Bruder. Und wir sollten bald mal wiederkommen.

»Wir würden uns sehr freuen, meine Frau und ich«, sagte er. »Wirklich, sehr.«

Mein Bruder nickte. Er verabschiedete sich.

Aber in dem grauen Licht draußen auf der Straße sah ich sein versteinertes Gesicht. Er setzte sich hinten ins Auto und starrte aus dem Fenster, als wäre kaum Zeit verstrichen, seit ich mit meinem Taschengeld zum Einkaufsladen gerannt war, um ihm ein paar Lollis zu besorgen, weil ich nicht wusste, was ich sonst tun sollte.

HIER STEHT EINE TELEFONZELLE

Lansdowne Crescent, und es regnete jetzt in Strömen.

Ich kannte jeden Meter dieser bogenförmigen Straße. Jeden Meter. Die Straße war leer, wie immer. Eine Geisterstadt – eine tote Stadt. Obwohl ich den Regen spürte und meine Haare so nass wurden, dass sie mir am Gesicht klebten, machte er mir nichts aus. Aber als ich die Telefonzelle erreichte, öffnete ich doch die Glastür und ging hinein, stellte mich in die Kabine mit dem Betonboden und diesem abgestandenen Geruch, den zerrissenen Telefonbüchern und den mit schwarzem Marker an die Wand geschmierten, halb weggewischten Krakeleien.

Ich stand in der Telefonzelle und lehnte mich gegen die Scheibe. Schaute dem Regen zu. Jetzt, wo ich nicht mehr in Bewegung war, wo ich einfach nur still dastand, spürte ich die Kälte vom Boden. Ich nahm den schweren grauen Hörer in die Hand, hielt ihn mir ans Ohr. Das Telefon funktionierte. Ich hörte das Freizeichen von ferne in der Leitung summen.

Ich dachte an Bo. Vielleicht war er irgendwo auf einem anderen Schiff, fuhr die Ostküste von Grönland entlang. Oder vielleicht war er zu Hause auf seiner kleinen Insel und schlief. An diesem Ort, von dem ich kein vollständiges Bild hatte.

Und dann musste ich an den Film *Local Hero* denken. Er handelt von einem Mann aus einer amerikanischen Großstadt, der für eine Ölgesellschaft arbeitet. Der Mann wird nach Schottland geschickt, in eine abgelegene, sehr schöne Gegend, ein kleines Fischerdorf am Meer. Er hat den Auftrag, das ganze Dorf zu kaufen, damit es in eine Raffinerie verwandelt werden kann. Und alle sind bereit, ihr Land zu verkaufen. Die Leute, die dort wohnen, wollen alle reich werden – außer einem Mann, der in einer Holzhütte direkt auf dem Sandstrand wohnt. Er sagt, dass er das Geld nicht braucht. Dass er alles hat, was er braucht.

Der Mann aus Amerika bleibt lange im Dorf und versucht, diesen einen Mann, der am Strand wohnt, zum Verkauf seines Lands zu überreden. Er versucht alles. Wochenlang. Und unterdessen beginnt er, sich zu verändern. Er hört auf, sich zu rasieren und Anzüge zu tragen. Fängt an, am Strand Muscheln zu sammeln. Nimmt kaum mehr wahr, wie die Zeit vergeht.

Aber dann wird er ganz plötzlich nach Hause beordert, und ihm bleibt nicht mal genug Zeit, um sich richtig zu verabschieden. Er wird mit dem Hubschrauber abgeholt und guckt auf das Dorf und die Strände hinunter, die immer kleiner werden.

Als er in seine moderne Wohnung in der Großstadt zurückkommt, ist es Nacht, und er schaut von seinem Hochhausbalkon auf die hellen Lichter der Wolkenkratzer. Er schaut hinaus und denkt: *Ist das mein Zuhause? Dieser Ort? Ich weiß nicht mehr, wer der Mensch war, der hier gewohnt hat. Ich glaube, ich kenne ihn nicht.*

In der letzten Szene des Films sieht man eine Telefonzelle. Eine rote Telefonzelle in dem kleinen Fischerdorf in

Schottland. Ich glaube, es ist am frühen Morgen, Nebel kommt auf, und es sieht kalt aus. Die Straße ist leer. Und still.

Die Kamera verweilt lange auf der Telefonzelle und der leeren Straße – in völliger Stille. Die Stille hält an, während die Kamera langsam auf die Telefonzelle zoomt. Dann beginnt das Telefon zu klingeln. Es klingelt laut und deutlich, es ruft. Und es klingelt immer weiter. Das Telefon klingelt einfach immer weiter, und man will, dass jemand rangeht. Man will, dass jemand hinrennt und abnimmt, denn man weiß, dass es der Mann aus Amerika ist, der anruft. Man weiß, dass er anruft, um zu sagen: *Ich komme nach Hause.*

DAS PÄCKCHEN

Ein Päckchen lag vor der Tür, in Packpapier mit braunem Klebeband. Ein Päckchen, auf dem mein Name stand, mein Vorname und die Adresse: *Allison Street, West Hobart*.

Ein runder Stempel war darauf, zwei rote Pinguine nebeneinander und darunter die Worte *Macquarie Island*.

Ich nahm das Päckchen mit hinein, legte es im Wintergarten auf den Tisch. Ich setzte mich auf einen Stuhl und löste ganz vorsichtig das Klebeband ab.

In dem Päckchen steckte ein Brief in einem alten, schon mal benutzten Umschlag – ein anderer Name war mit Füller durchgestrichen und mein Name darübergeschrieben worden. Und dann war da noch etwas, ebenfalls mit Packpapier und Klebeband verpackt. Etwas Rundes.

Eine Filmrolle in einer schwarzen Plastikdose.

Eine Filmrolle.

Liebe Isla,

ich bringe dieses Päckchen zur Poststelle, damit es mit dem nächsten Schiff rausgeht.

Vielleicht erreicht es dich, wenn du es am dringendsten brauchst.

Uns geht es gut. Der Kapitän hat einen Zahn verloren, und ein paar Leute haben blaue Flecken, aber im Großen und Ganzen geht es uns gut. Es war ein schlimmer Sturm, mit Wind und Regen und schwerem Seegang, der wie aus dem Nichts kam, aber wir konnten uns alle mit den LARCs an die Küste retten. Alle haben sich wacker geschlagen.

Heute ist das Meer wie ein Teich, auf beiden Seiten der Insel, vollkommen still, als wäre es eingeschlafen. So ist es jetzt schon seit drei Tagen – wirklich seltsam! Hätten wir doch nur einen Tag Verspätung gehabt, hätten wir nur die meereskundlichen Untersuchungen durchgeführt, wären wir nur in Hobart aufgehalten worden …

Die Gedanken drehen sich endlos im Kreis. Was wäre, wenn?

Wir schlafen in der Messe oder wo eben Platz für uns ist. Die Leute hier sind sehr nett zu uns und versuchen uns auf andere Gedanken zu bringen, mit heißen Duschen, Essen, selbstgebrautem Bier. Aber dieses schreckliche Gefühl ist immer da – da draußen liegt die *Nella,* hängt auf den Felsen fest, und wir können nicht zu ihr hinaus, nicht mal, um unsere Sachen zu holen. Sie ist da, aber wir können nicht hin.

Heute Nacht hätte ich schwören können, dass ich ihre Glocke hörte, ganz leise – sie rief mich. Was für ein trauriges Geräusch! Ich weiß nicht, ob ich so was je zuvor gehört habe. Vielleicht habe ich es nur geträumt, ich weiß es nicht, jedenfalls bin ich rausgegangen, denn mit diesem Gefühl konnte ich nicht mehr liegen bleiben.

Draußen war es hell, die Sonne war schon aufgegangen – um drei Uhr morgens. Kein Wind und fast nichts zu hören. Was für diese Insel sehr eigenartig ist, denn hier geht eigentlich immer ein Wind. Man hört immer das Meer und den Wind, der durchs Gras streicht und einem in die

Ohren bläst. Ich lief den Weg entlang und sah die *Nella*, wie sie da draußen schief auf den Felsen hing. Ein Stückchen ging ich noch in ihre Richtung, aber dann wandte ich mich ab. Ich konnte den Anblick, wie sie da festsaß, nicht ertragen, also nahm ich einen anderen Weg, den ich noch nicht kannte.

Man muss aufpassen, wenn man hier herumläuft. Überall liegen See-Elefanten, die aber aussehen wie Felsen. Dann plötzlich bewegen sie sich oder rülpsen, und man ist ziemlich überrascht. Riesige, dicke Seehunde. Aber es gibt auch kleine – die Heuler. Die haben die größten Augen, die du dir vorstellen kannst. Rund und unergründlich wie das Weltall.

Als ich an einen Strand kam, setzte ich mich in den schwarzen Sand. Riesensturmvögel und Skuas suchten nach Nahrung, nach Abfallen. Und Gruppen von Robbenbabys lagen aneinandergeschmiegt da und schliefen, dann wachten sie auf und wollten Milch. Riefen nach ihrer Mama. Immer noch kein Wind. Das Meer totenstill.

Vielleicht vergingen Stunden, ich weiß es nicht. Mir war nicht kalt. Ich guckte einfach nur.

Ein paar kleine Rotschnabelpinguine waren auch unterwegs. Ich konnte sie trotz des Geschreis der Robbenbabys hören. Rotschnabelpinguine sind scheu, sie nisten im Gras, und man kriegt sie nicht oft zu sehen. Aber einer von ihnen kam heraus und marschierte direkt vor meine Füße.

Ich zog den einen Handschuh aus, um ein Foto zu machen. Ich habe Sörens Kamera. Ich hatte sie umhängen, als wir den Befehl bekamen, dass Schiff zu verlassen. Ein Glück – ich bin froh, dass ich sie habe. Und ich will sie nicht verlieren. Mein Handschuh fiel herunter und landete neben dem Pinguin. Ich hielt den Atem an, aber der kleine Pinguin blieb da. Er lief nicht fort. Seine orangen Füßchen leuchteten auf dem Sand, und er kam näher, um meinen Handschuh zu begutachten. Er pickte ein paarmal danach, dann richtete er sich auf und schaute mich direkt an. Ich kann dir nicht sagen, wie lang dieser Moment dauerte, aber jegliche Angst, die ich in mir hatte, verschwand. Ganz und gar.

Das Foto ist wahrscheinlich unscharf und vielleicht auch verwackelt, aber es fängt den Moment ein. Wie nah er war, mein kleiner Freund, der kam, um hallo zu sagen. Um meine Stimmung zu heben.

Es ist für dich. Ein Rotschnabelpinguin und mein Handschuh im Sand, auf der Macquarieinsel am 6. Dezember 1987.

Es sind noch andere Fotos dabei. Ich weiß nicht, ob sie gut sind, aber sie sind da, und ich habe sie aufgenommen. Und dann ist da auch noch die *Nella* – unser kleines Schiff.

Ist sie nicht einmalig?

EINE FILMROLLE

Die Fotos, wie sie herauskamen – schwarzweiß.

Ein felsiger Strand, dahinter riesige vereiste Kliffs. Die Insel Heard.

Sonne und Mond zusammen am Himmel, ihr sanftes Licht.

Ein Kapsturmvogel mit schwarzweißer Zeichnung, schön klein. Bos Lieblingsvogel.

Die *Nella Dan* vor der Küste, auf den Felsen. Neben ihr runde Treibstofffässer mit weißen Lettern, die zusammen den Namen MACQUARIE ISLAND ergeben – das Wasser reglos, still. Der Rumpf leicht zur Seite geneigt.

Ihre letzten Tage.

Das letzte Bild: ein Rotschnabelpinguin auf einem schwarzen Strand, ein Handschuh und der Rand eines Schuhs. Bos Schuh.

Es ist das einzige Foto, das ich von ihm habe – sein Handschuh, ein Rotschnabelpinguin und sein Schuh. Trotzdem ist er anwesend auf diesem Bild, hinter der Kamera seines Freundes. Er ist im Hintergrund, nimmt alles in sich auf, still und ruhig.

Ich habe diese Fotos seit fünfundzwanzig Jahren. Ich habe sie schon so oft angeschaut, dass sie Teil meiner Person geworden sind.

Eine zellulare Erinnerung. Eine Landkarte. Ein Weg.

Eines der Bilder, schwarzweiß, halte ich jetzt vor mir hoch. Eine schmale Landenge, auf deren beiden Seiten dreieckige Berggipfel in die Höhe ragen. Und hinter dem Foto die Realität – die echte Macquarieinsel, in Farbe.

Grün, wo bisher keines war. Grün, wo nur Blau, Grau und Weiß gewesen waren.

»So grün«, sagte er, »grün und wie ein großer nasser Schwamm. Man weiß gar nicht, dass es einem fehlt, das Grün, bis man mal so lange im Eis war. Und dann ist es mit einem Mal da. LEBEN!«

Diese Insel ist ein ganz besonderer Ort, es gibt nichts Vergleichbares. Sie erwartet einen, ist für einen bereit, wenn man kommt.

Die letzten Worte, die Bo mir geschickt hat, mit Bleistift auf einen Zettel geschrieben, der inzwischen vergilbt und abgegriffen ist, aber die Buchstaben sind noch klar und deutlich.

Dein Freund

Bo Anker Johansen

Ich stehe am Bug meines orangen Schiffs. Fotos sind stumm, aber die Macquarieinsel gellt vor Leben.

Wir hatten die ganze Nacht schwere See und starken Wind, aber heute Morgen mit dem ersten Licht – um 3.16 Uhr – ist das Meer eingeschlafen. Vor meinem Bullauge ragt Macca empor, von Schnee überzuckert, während die Sonne einen blauen Himmel aufreißt.

Alles, was er mir gesagt hat, alles, was er erzählt hat, ist wahr, es stimmt, und ich bin hier.

Bo – ich bin hier.

Bornholm

»Papa? Erzähl mir vom Meer.«

Da ist ein Mann.

Er sitzt an seinem Küchentisch. Draußen ist es dunkel. Es ist schon seit Stunden dunkel, aber der Mann hat es kaum wahrgenommen.

Es ist normal.

Es ist Winter.

Es ist nicht der Rede wert.

Ihm gegenüber sitzt ein kleines Mädchen – seine Tochter. In der Küche ist es warm und gemütlich, sie sitzen behaglich da und essen das Abendessen, das der Mann zubereitet hat.

»Was soll ich dir denn erzählen?«, fragt der Mann.

»Erzähl vom Eis«, sagt das Mädchen, den Mund voller Bratkartoffeln. »Was hast du gemacht, als ihr im Eis eingeschlossen wart?«

Der Mann schiebt ein paar Stückchen Wurst auf seinem Teller herum. Er schaut das Mädchen an.

»Na ja, uns sind die Äpfel ausgegangen, und die Zwiebeln. Wir haben hart gearbeitet.«

»Aber ihr habt doch auch Fußball auf dem Eis gespielt?«, sagt das Mädchen.

»Ja, das stimmt. Wir haben Fußball auf dem Eis gespielt. Ein Turnier.«

»Und hat deine Mannschaft gewonnen?«

»Das weiß ich nicht mehr«, sagt der Mann. »Wir haben in erster Linie zum Spaß gespielt – um uns die Zeit zu vertreiben. Wir sind auf dem Eis dauernd hingefallen und haben viel gelacht.«

Die Kleine nickt. Sie weiß das. Es gibt Fotos von dem Turnier, und sie hat sie gesehen. Schwarzweißfotos. Eins wurde vom Innern des Schiffs aus aufgenommen, durch ein Bullauge. Die Männer stehen auf dem strahlend weißen Eis, ein perfekter Lichtkreis im Dunkel der Kabine.

»Und hast du geholfen, das Schiff freizuhacken? Das rote Schiff?«

»Ja«, sagt der Mann. »Das haben wir alle. Wir haben alle gehackt. Und wir haben die *Nella* auch in Gang gebracht, aber es ging nur sehr langsam vorwärts, und wir haben zu viel Treibstoff verbraucht, also mussten wir doch warten. Wir mussten das Hacken bleiben lassen.«

»Und wer ist dann gekommen, Papa? Wer ist zu euch gekommen?«

Der Mann lächelt. Er hat fertig gegessen, doch sein Teller ist nicht leer. Er legt die Gabel ab, stützt den Ellbogen auf den Tisch. Er beugt sich zu dem Mädchen vor – seiner Tochter.

»Du kennst doch die Antworten auf diese Fragen.«

Aber das Mädchen schüttelt den Kopf.

»Sag es mir, Papa! Ich hab es vergessen.«

Der Mann lehnt sich auf seinem Stuhl zurück, die Arme jetzt an den Seiten.

»Die *Icebird* ist gekommen, aber die wäre fast auch vom Eis eingeschlossen worden, weil die Besatzung nicht auf uns gehört hat – die haben nie gern auf uns gehört. Sie mussten kehrtmachen. Dieses Schiff hätte im Treibeis zerdrückt werden können wie eine leere Dose – im Gegensatz zu uns. Wir waren in Sicherheit. Wir waren nie in Gefahr.«

Das Mädchen nickt. »Ja, ihr wart in Sicherheit«, sagt sie. »Und was ist dann passiert?«

»Die Japaner sind mit einem großen Eisbrecher gekommen und haben das Eis gerammt – die haben es geknackt, als wäre es eine Eierschale. Knacks, knacks, und schon war es durch. Und wir waren endlich frei. Konnten wieder fahren, nach so langer Zeit.«

»Wie groß war das Schiff, Papa?«

»Sehr groß. Dagegen waren wir so klein wie eine Ameise!«

»Und was war das Beste?«

»Na, dass sie uns Äpfel mitgebracht haben. Einen großen Sack Äpfel. Ich glaube, ich habe noch nie so süße und leckere Äpfel gegessen. Es ist verrückt, wie sehr einem so etwas wie ein Apfel fehlen kann.«

»Mir würden Äpfel nicht fehlen«, sagt das Mädchen.

»Das würden sie wohl«, sagt der Mann. »Wenn du so lange keine bekämst, würden sie dir auch fehlen.«

Darauf sagt das Mädchen nichts. Ihr Teller ist leer, und sie schaut auf den Teller ihres Papas.

»Möchtest du noch was?«, fragt der Mann, aber er wartet nicht auf eine Antwort. Er nimmt seinen Teller, schiebt den Rest Bratkartoffeln mit Würstchen auf den Teller des Mädchens.

»Erzähl deiner Mutter nicht, dass ich mein Abendessen nicht ganz aufgegessen habe«, sagt der Mann. »Sie behauptet immer, ich werde zu dünn!«

Das Mädchen lacht, und er nickt. Es ist ihre tägliche Übereinkunft.

»Fahr ich da auch irgendwann mal hin?«, fragt das Mädchen. »Fahr ich auch mal ins Eis?«

»Wenn du es wirklich willst, dann wirst du auch hinfahren«, sagt der Mann. »Wo du wirklich hinwillst, da kommst du auch hin.«

Das Mädchen konzentriert sich eine Weile aufs Essen. Vielleicht denkt sie nach – denkt an das kalte Wasser, an seine Farbe. An die Albatrosse, die aus dem dichten Grau kommen und über dem Kielwasser der Schiffe dahingleiten. Ein Königreich der Vögel. Wellen, höher als Berge.

»Kommst du dann mit, Papa? Kommst du mit in die Antarktis?«

Da ist ein Mann.

Er sitzt an seinem Küchentisch. Draußen ist es dunkel, aber in diesem Moment sieht er die Dunkelheit nicht.

Das Licht kommt – frühes Morgenlicht. Die *Nella Dan* fährt den Derwent hinauf, zum Frühstück werden sie in Hobart sein, und dann wird er den festen Boden der kleinen Stadt betreten können, einer Stadt auf Hügeln, die sich zur vorderen Wand eines Felsenberges hinaufziehen.

Eine Familie erwartet ihn. Eine Familie winkt ihm. Eine Frau, ein kleiner Junge mit Lockenschopf und ein Mädchen namens Isla.

Ein Ort, den er Heimat nennen wollte.

»Papa?«, fragt das Mädchen, ein glänzendes Stückchen gebratene Wurst auf der Gabel.

Der Mann schaut das Mädchen an – seine Tochter. Er

sucht in ihrem Gesicht nach Spuren von Angst, nach Sorgenfalten. Er betrachtet ihre Augen, ihre zusammengepressten Lippen.

Aber da ist nichts.

Seine Tochter ist frei.

»Ich war lange auf See, einen Großteil meines Lebens. Aber wenn man diese Erfahrung gemacht hat, dann träumt man ab und zu davon, und man weiß, dass die See da ist, und das reicht.«

Das Mädchen nickt. Sie schiebt sich das Wurststückchen in den Mund.

Ihr Teller ist leer.

»Morgen ziehen wir das Ruderboot auf den Strand hoch – es wird Zeit«, sagt er.

Das Mädchen nickt wieder. »Ich helfe dir.«

Da war ein Mann, und der erzählte mir von der See. Vom Eis und vom Licht, von den Vögeln, die aus dem Nichts kamen, um mit ihm zu sprechen – ihm Gesellschaft zu leisten.

Es war eine andere Welt.

Nachts wurde mein Bett zu einem Schiff auf dem schiefergrünen Wasser. Ich fuhr unter dem weiten Himmel dahin – die blassen Sterne waren da, Sonne und Mond schienen gleichzeitig, und ich hatte keine Angst.

Es war hell.

Er schenkte mir ein Bild von seinem Schiff, und ich heftete es mit Haftpunkten an meine Wand.

Es war ein Schwarzweißbild und vorwiegend grau, aber ich sah die Farben. Das Rot seines Schiffs und das Weißblau des Eises. Die Farbe des Himmels, der zwischen hell und dunkel wechselte und hin und wieder blau aufriss – Augenblicke.

Diese sanfte Freundlichkeit bei uns zu Hause.

Mein Bruder und ich liefen durch die steinernen Straßen, wo die Vergangenheit von den rostbraunen Dächern auf uns herunterschaute wie eine Eule. Riesige Augen und dünne, scharfe Klauen, die nach uns zu hacken versuchten, während wir vorübergingen. Sie versuchten, uns die Wärme wegzunehmen – die Freude zu stehlen – uns das Licht zu nehmen.

Aber die Freundlichkeit war ein Schutzschild.

Eine Weile blieben wir unberührt, während wir gemeinsam dort entlangliefen – ein paar Sonnenstrahlen fielen auf die geschwungene Straße, die zu unserem neuen Haus führte. Eine Hoffnungslinie.

Das weiße Häuschen auf dem Hügel. Ein Haus, das uns gehörte. Rote Rosen vor der weißgetünchten Wand. Eine schwere schwarze Tür, alt und solide. Mein eigenes Zimmer.

Da war ein Mann, und der erzählte mir von der See. Vom Eis und vom Licht und von einem Schiff namens *Nella Dan*. Ich war mit ihm befreundet, zwei lange Sommer – als viel geschah – und vieles sich veränderte.

Sein Name war Bo.

NELLA DAN

ÜBER DIE *NELLA DAN*

»Sie kam aus einer anderen Zeit, als Schiffe noch für die Ewigkeit gebaut wurden, und sie hatte ihren eigenen Willen.«
KAPITÄN ARNE SÖRENSEN

Es gab vier *Dan*-Schiffe – *Thala Dan, Magga Dan, Kista Dan* und *Nella Dan* –, die die australische Regierung zwischen 1953 und 1987 von der dänischen Reederei J. Lauritzen charterte und in der Antarktisforschung einsetzte.

Die *Nella Dan* war das berühmteste dieser Schiffe. Sie wurde von J. Lauritzen unter Einbeziehung zahlreicher Anregungen seitens der Australian Antarctic Division in Auftrag gegeben und nach Nel Law benannt, der Ehefrau des damaligen Direktors der Australian National Research Expedition, Dr. Phillip Law.

1961 von der Aalborg Værft gebaut, besaß die *Nella Dan* die gleiche technische Ausstattung wie ihre älteren Schwestern: Eisbrechersteven, Eisabweiser und Eissporn. Darüber hinaus hatte die *Nella* jedoch noch einige spezielle Konstruktionsmerkmale, zum Beispiel eine Doppelhülle um den Maschinenraum und Teile des Frachtraums und eine Spülmaschine. Der Aufstieg zum Krähennest erfolgte im Innern des Masts, und das Schiff konnte sich mittels eines Atlas-Generators selbst mit Trinkwasser versorgen.

Zur Zeit ihrer Indienststellung galt die *Nella Dan* als das Nonplusultra im Bereich des Polarschiffbaus.

Die *Nella Dan* fuhr sechsundzwanzig Jahre lang im Dienst der australischen Regierung, sie war länger und weiter als je ein anderes Schiff in der antarktischen Region unterwegs. Sie hat sämtliche australischen Forschungsstationen angefahren und diverse wichtige Forschungsvorhaben entlang der ostantarktischen Küste unterstützt. Von 1981 an diente sie als Basis für Australiens zunehmend anspruchsvolles und prestigeträchtiges Meeresforschungsprogramm. Am 3. Dezember 1987 riss sich bei einem Sturm ihr Anker los, und sie lief vor der Macquarieinsel auf Grund. Nach intensivem Kampf um ihre Rettung wurde die umstrittene Entscheidung getroffen, die *Nella Dan* zu versenken.

Zu keinem anderen Schiff, das für die Australian Antarctic Division unterwegs war, entwickelten sowohl die Besatzung als auch die Mitreisenden eine so starke emotionale Bindung wie zur *Nella Dan*. Sie war ein besonderes Schiff – altmodisch, klein, komfortabel und innig geliebt. Die Besatzungsmitglieder sind allen als fröhliche, herzliche Menschen in Erinnerung geblieben, und die Atmosphäre an Bord war sehr kameradschaftlich. Denen, die auf der *Nella* arbeiteten, war sie ihr Zuhause. Einige Besatzungsmitglieder fuhren jahrelang auf ihr, manche über zehn Jahre. Sechs der dänischen Besatzungsmitglieder blieben 1987 auf der Macquarieinsel zurück, um über ihr Schiff zu wachen. Sie wollten es nicht verlassen. Sie gehören zu den wenigen Menschen, die wirklich wissen, was geschah, nachdem die *Nella Dan* auf Grund gelaufen war. Aber diese Geschichte sollen sie selbst erzählen.

Die Recherchen zu diesem Buch haben mein Leben verändert. Ich habe auf der ganzen Welt neue Freunde gewonnen. Ich bin auf die Macquarieinsel, in die Antarktis und nach Dänemark gereist und habe viele wunderbare Dinge erlebt.

Ich fühle mich beschenkt.

Und das alles verdanke ich der *Nella Dan.*

Die *Nella Dan* liegt bei *54° 37.5' S, 159° 13.3'* O auf dem Grund des Südlichen Ozeans. Mit ihr versanken sechsundzwanzig Jahre Erinnerungen, Gelächter und Abenteuer. Aber für all jene, die sie liebten, fährt sie immer noch.

»Sie war das Schiff meines Lebens. Das perfekte Schiff mit der perfekten Besatzung für einen jungen Kerl, der frisch von der Schule kam und die Welt erobern wollte.«

HANS SÖNDERBORG

»Ich werde die Nella Dan *nie vergessen.*

Ihr verdanke ich meine erste Begegnung mit dem Eis, und von der letzten hat sie mich nach Hause gebracht.

Sie hat mir in einer vergangenen Zeit den Schmuckkasten des Südens eröffnet.

Sie war ein großartiges Schiff mit einer großartigen Besatzung und gehörte glanzvolleren Zeiten an.

Sie ist nicht mehr, doch ihr Geist lebt weiter, in unseren Herzen und in hehren Erinnerungen.«

LEX HARRIS

»Keine Frage – es war ein Abenteuer und ein Privileg, auf der

Nella Dan *mitfahren und mit ihrer wunderbaren Besatzung zusammenarbeiten zu dürfen. Wenn ich in meinem Schrank den roten Holzkleiderbügel mit goldenem JL-Logo sehe, muss ich immer lächeln.«*

SCOTT DEMPSTER (»VERTRAU MIR, ICH BIN EIN LARC-FAHRER.«)

»Meine Fahrt auf der Nella Dan *war eine durchweg gute Erfahrung. Als Neuling habe ich mich vom ersten Tag an willkommen gefühlt, und in meinen acht Monaten auf dem Schiff habe ich große Kameradschaft erlebt. Beruflich habe ich viel gelernt, nicht zuletzt von Chief Steward Ruben Nielsen.«*

NIELS HANGBOEJ SÖRENSEN

»Sie war einzigartig. Ich bin stolz, auf ihr mitgefahren zu sein. Und ich würde diese neuneinhalb Monate um nichts in der Welt missen wollen – es war eine großartige Zeit.«

JAN RIISGAARD

»Ich schätze mich echt glücklich, mit der Nella *zu tun gehabt und dieses Leben von beiden Seiten kennengelernt zu haben, denn ich habe für die Antarctic Division gearbeitet, als wir in der Saison 1985 vom Eis eingeschlossen waren. Man hatte mich gefragt, ob ich für meinen damaligen Chef Dr. Simon Wright an der ersten Fahrt teilnehmen wolle. Ich war begeistert! Ich habe meine Stelle aufgegeben, um als Stewardess auf der* Nella *zu arbeiten, und war in der Saison 1987 an Bord. Die* Nella *wächst einem ans Herz – verrückt, dass ein Schiff das kann. Ich erinnere mich noch ganz genau an den Tag, an dem wir mit LARCs von der Macquarieinsel zur* Icebird *gebracht wurden. Die* Nella *hing noch auf den Felsen, mit schwerer Schlagseite, und als wir*

an ihr vorbeifuhren, blieb kein Auge trocken. Die Bindung der Besatzung zu ihrem Schiff war echt unglaublich. Ein paar von den Jungs hatten einen Großteil ihres Lebens auf der Nella *gelebt und gearbeitet, und auch wenn meine Zeit auf dem Schiff relativ kurz war, vergeht doch kein Tag, an dem ich nicht an das kleine rote Schiff denke.«*

TRISH RICHERS

»Man sollte die Nella *dafür in Erinnerung behalten, dass sie so vielen Abenteuern und so vielen lebenslangen Freundschaften zwischen Expeditionsteilnehmern wie auch Besatzungsmitgliedern Vorschub leistete. Danke, dass wir an Bord eingeladen wurden.«*

ANDERS HANGBOEJ SÖRENSEN

»Die Nella *war ein großes (kleines) Schiff mit einer großen Seele. Manchmal wünschte ich, ich wäre wieder dort. Eine einmalige Erfahrung.«*

ALLAN KÜRBIS

»Bei Tagesanbruch alle Mann an Deck.«

BENNY »DER BOOTSMANN« WOLLE

»Was den Verlust angeht: Ich war zwar nicht dabei, hatte aber das Glück, acht antarktische und subantarktische Fahrten auf diesem robusten kleinen roten Schiff mitmachen zu dürfen, ich weiß also, wie es sich bei einem Seegang verhielt, bei dem andere Schiffe untergegangen wären. Ihr Überlebenswille war geradezu legendär, sie war wie eine Mutter für uns, kam, um uns nach Hause zu holen. Sie hüllte uns in ihre Wärme, in die wohligen Gerüche des Essens und der Maschinen, und vermittelte uns ein

Gefühl von Sicherheit und Geborgenheit. Auch ich trauere um dieses wackere kleine rote Schiff, um die Nella Dan.*«*
IVAN G. HAWTHORN. ESQU. BEM. JP
INTERNATIONAL FELLOW EXPLORERS CLUB NEW YORK CITY, NEW YORK, USA, ANTARKTIS 1972 UND 1973
EINSATZLEITER DER 28. UND 32. ANARE (AUSTRALIAN NATIONAL ANTARCTIC RESEARCH EXPEDITION) ZUR MACQUARIEINSEL

»Ich denke immer noch fast täglich an sie.«
PER AGERGAARD OLSEN

»Meine Fahrten auf der Nella Dan *(nach Nordost-Grönland und in die Antarktis) gehören zu den prägenden Erfahrungen in meinem Leben.«*
JENS AAGE VANDENHERTZ SCHULZ

»Der Geist der Nella *und ihrer Besatzung wird immer fortleben – in den guten Herzen und der Wahrhaftigkeit all derer, die auf ihr unterwegs waren.«*
CORAL ANN RIGBY

ANMERKUNG DER AUTORIN

Alles in diesem Buch ist erfunden – bis auf die *Nella Dan*, das kleine rote Schiff. Sie war tatsächlich sieben Wochen im Eis eingeschlossen, allerdings nicht in der Saison 1986/87, wie ich es geschrieben habe, sondern 1985/86.

Am 20. Oktober 1985 starb auf der *Nella Dan* ein junger Seemann, Kim Nielsen, an seinen Kopfverletzungen. Ein sehr trauriger Tag für alle, die an Bord waren, und für seine Familie. Möge er in Frieden ruhen.

So viele Menschen haben mir freundlicherweise ihre Geschichte erzählt, und ich bewahre all diese Geschichten in meinem Herzen. Euch allen, die ihr mich so freigebig an euren Erlebnissen habt teilhaben lassen: Ich hoffe, ich bin eurem Schiff gerecht geworden.

Ich wünschte von Herzen, es gäbe die *Nella Dan* noch.

Mehrere Teile dieses Romans sind vorab als Kurzgeschichten veröffentlicht worden:

»No Man is an Island«, die Geschichte über den tödlich verunglückten Jungen, ist in der *Griffith Review*, Band 34, erschienen.

»Across the Bass Strait«, die Geschichte der Überfahrt von Mutter und Kindern nach Tasmanien, ist in der *Griffith Review*, Band 39, erschienen.

»Libanon« ist in *Island* Nr. 133 (2013) und *Best Australian Short Stories 2013* erschienen.

Ich danke diesen Zeitschriften und ihren Redakteuren für die Würdigung meiner Arbeit.

Ich habe den Begriff *Papa* anstelle des dänischen *Far* verwendet. Mir ist klar, dass in Dänemark niemand *Papa* sagt, aber aus Gründen, die ich hier nicht erläutern kann, musste ich meine Figuren den Begriff *Papa* benutzen lassen. Ich hoffe, meine dänischen Freunde können das akzeptieren. Verzeiht!

Ein Stipendium des Australia Council hat mich während der Arbeit an diesem Buch über Wasser gehalten. Danke!

Darüber hinaus habe ich das Antarctic Arts Fellowship erhalten, das es mir ermöglicht hat, mit der *Aurora Australis* nach Casey zu fahren – eine unvergessliche Reise. Ohne diese wunderbare Auszeichnung gäbe es dieses Buch nicht.

Danke –

FP

DANKSAGUNG

Ich habe bei der Arbeit an diesem Buch vielfältigste Unterstützung erhalten, und so gibt es sehr viele Menschen, denen ich danken möchte.

Vale Matt Richell – Freund, Surfer und kundiger Kapitän der Hachette-Familie. Ich werde nie vergessen, was für ein freundlicher, liebenswürdiger Mensch du warst und was du alles für mich getan hast. Ich wünschte, wir hätten jenes letzte Bier noch trinken können.

Vanessa Radnidge – erstaunliche Freundin und unvergleichliche Lektorin, du machst alles, was ich schreibe, besser. Danke für alles.

DK – du hast mich über all die Jahre besessener Arbeit ertragen, hast gute Miene zum bösen Spiel gemacht und dich nie beklagt. Tausend Dank – für die Arktis, für Dänemark und für den Kaffee, den du mir gemacht hast. In Liebe!

Fiona Hazard und das gesamte Team von Hachette. Ich weiß, dass ich bei euch meine schriftstellerische Heimat gefunden habe.

Finn (Wolle) – du hast es drauf ankommen lassen und dich mit einer Fremden getroffen. Danke, dass du mich an deiner Liebe zu deinem Schiff und zu den Fahrten im Süden hast teilhaben lassen. An jenem Tag vor vielen Jahren habe ich einen guten Freund gefunden. Du und deine wunderbare Familie, ihr habt mich bei euch zu Hause aufgenommen, mir unglaublich gutes Essen gemacht (danke, Camilla – was bist du für eine Köchin!) und so viel Bier gegeben, wie ich nur trinken konnte. Ich kann es gar nicht erwarten, euch alle wiederzusehen!

Bo SP – was soll ich sagen? Danke für all die Geschichten, E-Mails, Erinnerungen, Musik und Großherzigkeit. Wirklich – ich bin unendlich dankbar. Kann es kaum erwarten, dich (wieder) zu treffen. Ich schulde dir diverse Biere! *Comfortably Numb* ist für dich.

Linda, Amanda, Adam und Apple – die Familie, die ich gefunden habe und liebe.

James, Chiyoko, Haruki und Ikumi – meine Grundpfeiler. Danke für all die Freude und Unterstützung.

Mum und Steve – für die Unterhaltungen, Erinnerungen und tollen Trödelfunde.

Julia Styles – bewährte Lektorin und Ratgeberin. Immer eine große Hilfe.

Elizabeth Cowell – für die hervorragende Textredaktion.

Melisinka, Ivana und Jikara – für die guten Wünsche, das Lachen, den Rat.

Janey Runci – Freund, Schriftsteller und Mentor. Du hast mich mehr als alle anderen dazu angehalten, so gut zu schreiben, wie es mir nur irgend möglich ist. Danke.

Die Mitglieder meiner (früheren und derzeitigen) Schreibgruppe – Helen, Cath, Janey, Liz, Stephen, Sherri, Kim, Ian. Ein Großteil dieses Buchs ist aus kleinen Texten erwachsen, die beim Schreiben in eurer Gesellschaft entstanden sind. Danke.

Susan Armstrong, meine wunderbare Agentin, die meine Vertretung übernommen hat, als es nichts zu gewinnen gab. Schön, dass wir zusammenarbeiten.

Mette Jakobsen – vielen Dank für deine Hilfe bei allem Dänischen – Übersetzungen, Essen und Reisetipps für Kopenhagen.

Kenn – du bist mit mir losgezogen, um mir Hirsche zu zeigen (und wir haben auch welche gefunden). Danke für die Hilfe bei meinen Recherchen und für deine Erinnerungen. Ich freue mich auf unser nächstes Treffen (diesmal bin ich dran).

Anders – was für eine tolle Überraschung war der Besuch auf der *Lilla Dan*. Diesen Tag werde ich nie vergessen. Danke für deine Hilfe über all die Jahre. Auf bald mal wieder bei einem guten Mittagessen.

Kim (Kimbo) – *Es lebt!*, dank dir. Du warst mir eine große Hilfe – und vielen Dank für die »Fünfundzwanzig Jahre *Nella Dan*«-Aufnäher, die ich nach Casey mitgenommen habe.

Niels – du hast so viele meiner Fragen dazu beantwortet, wie es war, Koch bzw. Steward auf der *Nella* zu sein, und ich danke dir für deine Freundlichkeit und Geduld und deine tollen E-Mails.

Lindy Jones, Freundin und Vogelfan – du hast Nachschlagewerke für mich aufgetrieben, mir Postkarten geschickt und mich angespornt. Danke.

Das ganze Team von Orion – insbesondere Barry Lyon, Adrian Boyle, Alexander Watson, Susan Halliwell – für eure Kenntnisse und Leidenschaft.

Benny Storm – für deine Freundlichkeit und all die Jahre, in denen du dich um die *Nella* gekümmert hast. Ich kann es gar nicht erwarten, dich zu besuchen.

Lex Harris – noch ein wunderbarer Freund, den ich auf dieser Reise gewonnen habe. Danke für deinen Rat, all die schönen Fotos, das T-Shirt und all deine Geschichten.

Henrik – danke für Abendessen, Mittagessen und ein tolles Wiedersehensgespräch. Ich freue mich aufs Wandern in Norwegen. Bis zum nächsten Mal.

Ivan Hawthorn – der Tag, an dem ich dich kennengelernt habe, war mein Glückstag. Danke, dass du mich an deinem über Jahre angesammelten Wissen hast teilhaben lassen. Es war mir eine Ehre.

George Wilson – für das Filmmaterial und die Geschichten. Toll, dass du dich gemeldet hast.

Tess Egan – für deine tolle Hilfe beim Recherchieren und in den Bibliotheken.

Diana Patterson – dafür, dass ich deine zahlreichen Antarktisbücher nutzen durfte.

Meine Studio-Familie – Robyn Bunting, Andrew John Delaney, Bin Dixon Ward, Chris Massey. Ich werde euch vermissen.

Kenyan-Familie – Gerald, Mary Vine, Paul, Mary, Joan, Wallace, Hillary, Charles, Julius, Joyce, Ann und Charles – Jambo!

Die unglaubliche Besatzung der *Aurora Australis* – Katrina, Peter, Rose, Bob, Rob, Murray, Alex, Doug, Adam, Nick, Wayne, Bec, Tanya, Ben, Joe (Bootsmann!), Wendy, Evan, Cassie, Matt, Sean und Master Murray Doyle. Ihr habt mich und meine Fragen ertragen, und ich hatte eine phantastische Zeit. Vielen Dank euch allen.

Die anderen Expeditionsteilnehmer – der beste Deputy Voyage Leader der Welt, Leanne (die den Schlüssel zum Schokoladenschrank hatte), Brad, Zach, David, John (Bunker Door Red-Heads), Shirley, Lyne (freundliche Nachbarin), Robbie, Pete (Top Champ), Tom, Febes (der zu den Black Keys tanzte), Chris, Zane, Graeme, Kerryn, Gavin, Tim, Sean, Leon, Paul. Es war toll, mit euch zusammen zu reisen. Was war das für eine Fahrt!

Last, but not least:

Elisa Bryant, Todd Griffiths, Marie Isaacson, Krissy Kneen, Mary Bayley, Kate Stevens, Justin Ractliffe, Louise Sherwin-Stark, Anna Egelstaff, Jon Page, Jacinda Pfeffer, Robert John Watkins, Cathy Campbell, David Rittey, Chris Sims, Nicole Maher, Cameron Stops, Coral Ann Rigby, Alice Wood, Jane Mansfield, Daniel Pilkington, Emanuel Hedanek, Eric Woehler, Niels Glaesner, John Gillies, Trish Richers, Alison Brown, Bob Rowland, Chris Somerville, Chris Currie, Edwina Shaw, Catherine Therese, Phillipa Fioretti, Ben und Marta, Lyne Kelly, Scott Dempster, Mads Solver Pedersen, Angela Volknant, Kate Parkin, Esben Munk Sörensen, Sally Webster, Bob Hamilton, John Jorgensen, Freunde der *Nella Dan* (alle), Greer Hendricks, Kristin Raw und alle von der AAD.

Alle, die mit mir über die *Nella Dan* gesprochen, mir ihre jeweiligen Geschichten erzählt und Fotos oder Zitate zur Verfügung gestellt haben – ich danke euch aus tiefstem Herzen!

PLAYLIST

Pink Floyd – *Comfortably Numb*
The Beatles – *Hey Jude*
Cat Stevens – *Father and Son*
Judas Priest – *Living after Midnight*
Genesis – *Home by the Sea*
Dire Straits – *Money for Nothing*
Fleetwood Mac – *Go Your Own Way*
The Rolling Stones – *You Can't Always Get What You Want*
Queen – *We Are the Champions*
Neil Young – *Heart of Gold*
Marvin Gaye – *I Heard it Through the Grapevine*
Three Dog Night – *Joy to the World*
Mark Knopfler – *Going Home* (Nella Dans Song)